同源詞研究

以唇塞音聲母字為例

郭詠豪 著

商務印書館

同源詞研究 —— 以唇塞音聲母字為例

作　　者：郭詠豪

責任編輯：趙　梅

封面設計：楊啓業

出　　版：商務印書館(香港)有限公司

香港筲箕灣耀興道 3 號東滙廣場 8 樓

http://www.commercialpress.com.hk

發　　行：香港聯合書刊物流有限公司

香港新界大埔汀麗路 36 號中華商務印刷大廈 3 字樓

印　　刷：陽光印刷製本廠有限公司

香港柴灣安業街 3 號新藝工業大廈 6 字樓 G 及 H 座

版　　次：2013 年 6 月第 1 版第 1 次印刷

© 2013 商務印書館(香港)有限公司

ISBN 978 962 07 1992 9

Printed in Hong Kong

目　錄

序 言
探索上古"同源義根"的新途徑

　　漢語同源詞的研究可以追溯到漢代劉熙的《釋名》。那時去古未遠，故可因聲求源；其後漢語類型大變而音不顯義，[①]於是出現了以形索源的"右文説"。[②]漢朝以前的同源詞研究是原子式的，所以字有源但義無根，因為那時沒有"義根"這個概念。右文説雖然以"字串"為單位，[③]但仍然沒有語根的理論，所以也談不上"義根"的尋求。真正給詞源義根奠定理論基礎的是有清一代的段王之學。王念孫通過疏證《廣雅》建立起同源詞的"義類"體系，而段玉裁則利用注解《説文》的機會發明了同源"取意"的理論。[④]當然，有清一代的"詞族取意"以及"跨族義類"都還局限於局部類從的描寫，而未臻機制層級的派生。漢語"語根"概

---

① 參馮勝利（2009）〈論漢語韻律的形態功能與句法演變的歷史分期〉，《歷史語言學研究》第二輯，11-13 頁。

② 北宋王聖美"治字學，演其義為右文"（《夢溪筆談》卷十四）。

③ 如梁啟超系聯的"戔"字字串有：戔（小也）、綫（絲縷之小者）、箋（竹簡之小者）、賤（價值之小者）、牋（木簡之小者）、錢（農器及貨幣之小者）、盞（酒器之小者）、淺（水之小者）、濺（水所揚之細沫）、踐（輕踏）、俴（物不堅密）、餞（小飲）、諓（小巧之言）、剗（薄削）、殘（傷毀所餘之小部）。（參沈兼士 1933.《右文説在訓詁學上之沿革及推闡》）

④ 如《説文》"覒"字下段注曰："覒，小見也。如溟之 小雨，皆於冥取意。"同參馮勝利《論〈説文段注〉中的'意'與'義'》（中國社會科學院語言研究所講演，2011 年 12 月 12 日）。

念的建立只有到了章太炎的《文始》才告成立。[①] 然而可惜的是，那裏的語根和字根，彼此糾纏，兩不相明。儘管如此，有一點很清楚：同源詞指的是一個語根衍生出來的隸屬同一家族的不同的詞。章氏的"同源説"經過黃季剛先生、陸穎明先生以及王寧先生幾代努力，形成了一個以"詞源意義和詞彙意義"為系別標誌的同源詞理論。它告訴我們詞族有枝有根：根有根義，枝有枝義。不明根義，則枝離葉碎而無所歸屬。什麼是根義？根義即根詞意義，是原生詞中最原始、最富有派生能力的"音義結合體"。在浩瀚的上古詞彙海洋中，我們"撈"得出原始的根詞嗎？王寧先生説：

> 在已被記錄下來的億萬詞彙中哪些屬於原生造詞的根詞？由於語言發生的歷史過於久遠，不要説窮盡性的測查無法進行，就連一定數量的抽樣測查和局部語料的歸納都是不可能做到的。所以，關於原生造詞的理論只能是一種無法驗證的假説，我們所能知道的只是，原生詞的音義結合不能從語言內部尋找理據，它們遵循的原則一言以蔽之，即所謂"約定俗成"。(《上古漢語同源詞語音關係研究·序》第 7 頁)

這是非常正確和明智的説法。事實的確如此，因此我們可能永遠無法確知原始的根詞。然而，我們還要看到事實的另一面：上古

---

① 章太炎《國故論衡·語言緣起説》："諸語言皆有根。"《文始》中的五六千字均由四百多語根的孳乳、變異而來。故陸宗達、王寧説："(《文始》)在實踐上突破了兩兩繫源的簡單做法，進入了由一個起點出發，多方繫聯、歸納詞族的系統做法。"("淺論傳統字源學"，《中國語文》1984 第五期)

語音的構擬不可能讓我們聽到原始的發音；古代語法的揭示也不可能讓我們看到古人的語法判斷。聽不到古人的發音，得不到古人的語感，為什麼我們仍然可以構擬古人的語音和歸納古人的語法呢？因為我們有理論的工具。如果是這樣，那麼什麼樣的理論能夠讓我們藉此獲得對 "義根" 哪怕是稍微深入一點的理解呢？多少年來，這個問題縈繞於胸而無緣釋解。

2010 年是個契機。那年七月我剛從哈佛到中大，系裏告我有學生名郭詠豪者要跟我讀同源詞的碩士學位。以往的積慮和初來的興奮讓我欣然接受。這便結下了我們師徒的不解之緣。開學不久我問他："你想怎樣研究同源詞？" 他說只研究唇音的同源詞。我想：限定範圍，容易把握，論文不難成功；然而，有無新意亦當為慮。以此詢之於郭生，他沉思良久而默然無語。過了一段時間，我告他說："今有一奇想，不知可否：把梳並釐定一、二族 '唯唇音聲母獨有之義' 的同源詞群，你以為如何？" 我知道，這個題目非常之難。首先，有無 "唯唇音聲母獨有之義的同源詞族" 尚不可知。若有，如何證明其為有？若無，那可就前功盡棄，一切得從頭再來。所以告之只是建議而已。不料數日之後，郭君覆余曰願以此為題。從那以後，他便開始了探索 "義根" 的刻苦歷程：重新點讀《廣雅疏證》和《文始》，將有關同源詞著作和文章找來一一把梳剔抉、分類入檔 —— 從王力的《同源字典》（劉鈞杰的《同源字典補》）到藤堂明保的《漢字語源辭典》，再到孟蓬生的《上古漢語同源詞語音關係研究》、黃易青的《上古漢語同源詞意義系統研究》、張博的《漢語同族詞的系統性與驗證方法》，以及大量章黃有關同源詞研究的古今文獻。詠豪工作，向來是全身心的投入，日日夜夜，一絲不苟。他善於在材料上下笨功夫、在理據上作嚴格的邏輯推演。他非常幽默，但不苟言笑；材料、理論，一字不安則寢食不寧。從圖書館到資料室，處處是他的身影。就這樣，從 2010 年秋到 2012 年春，歷時一年有半，他幾易其稿，終於完成了《同源詞研究 —— 以唇塞音聲母字為例》的碩士論文。然而，出人意料的是，論文完成不久，詠豪卻辭世而去。嗚呼！長歌當哭而語之曰：

> 豪生，豪生：吾來中大，人地兩生，縱有同寅相慰，唯汝朝夕問學而相得以寧。既非孔門竟得回愚，斯非釋家居然慶賢。殷殷教學相長，匆匆寒暑兩遷。我無多得而君有大進：唇音獨義，孜孜而深思有得；旁徵博引，鑿鑿而猶恐未先。所冀一鳴驚人，鴻耇萬里。不想天驚霹靂，鴻文既成而君棄世。親友為之飲泣，師生為之悲咽。唯望記汝心智而敬請商務：成汝學業，付梓大著，以明汝志，以寄吾哀。哀哉哀哉哀中之哀。悲哉悲哉悲中之悲。嗚呼，尚饗！

詠豪九泉有靈，定然長揖商務印書館之助學壯舉。這部《同源詞研究 —— 以唇塞音聲母字為例》的專著是詠豪的心血和精神，是他訓詁學上的成果和貢獻；同時也是我對他的懷念與祭奠！

讀詠豪文，既見其功力，又見其才思與機敏。"分"、"開"都是"分"，如果說"分開"之義的同源詞不在舌、齒、牙、喉四類聲母，而獨在唇塞音之中的話，如何證明？換言之，如何將牙音的"解、剖"、齒音的"析、散"等(同義及同源詞)從唇塞音義根的"分"中排除出去？

這裏，詠豪首先使用"義核"的概念及其驗定方法來判定，這是章黃同源詞學理的精髓，是鑒別異類詞族根義的重要工具（第二章第二節）。結論是：唇塞音所獨有的"分開"義詞族的"根義核"是"中分"。因此，凡與此相近但不取"中分"為意者（參注 4 有關'意'的定義），不屬該系"根義"之列。換言之，這系家族的 DNA 是"從中間二分"。

其次，嚴格區分文意訓詁與詞義訓詁的不同：凡是經典隨文而釋的訓解材料，均需根據上下文的詞義搭配和語意旨趣來鑒定，看其訓釋詞語是闡釋文意還是訓解詞義，絕不能表面、孤立地看待訓釋的異和同。

第三，從當代語言學的形態、構詞、句法等角度來區分古訓和詞義（第三章）。譬如唇塞音的"跌倒"義類就是經過反覆多向多層的剝離，才從喉、牙、齒、舌的"跌倒"義類中分解出來。

綜合古今中外的語義理論和訓詁方法，詠豪成功地從紛繁複雜、盤根錯節的上古詞義中，把"中分"和"跌倒"二義下的同源詞，條分縷析地"剝離"出來，斬斷它和其他輔音表面語義相似的聯繫（如"分、判"與"解、析"），從而把"中分"和"跌倒"這兩個獨立的"根義"最終還給了唇塞音 —— 它們是唇塞音的"專利"。

我們知道，訓詁學的核心是詞義，而詞義最尖端的是同源意義的發現與揭示。詠豪君的《同源詞研究》正是這方面的一個新嘗試。當然，詠豪的許多想法和提法並不都與我所想的完全一樣，但是在他的辛苦中，也融進了我和他出於同樣的志趣而不停地討論、探索的那些日日夜夜。我們在討論詞義原理和推演理設的種種情況時，是何等的享受！但要把理設 (hypothesis) 變成條例、把一堆堆古書的材料變成可以證實和證偽的憑據，那可是巨大的智力挑戰和艱苦的腦力勞動。讓我最為感動和欣慰的，是詠豪鍥而不捨的精神和他由此獲得的突破性的成果。

毋庸置疑，詠豪君此書給訓詁學帶來諸多方面的突破。

首先是他發現並成功地論證了唇塞音聲母中的"中分"義根。這種從聲母入手，杷梳和確定其獨有"根義"的方法，以及這種方法的可行性，本身就是對傳統訓詁方法的一個重要突破。

其次，郭書的重要意義還在於他第一次告訴我們上古"中分"之義的同源詞是用唇塞音、而不是其他發音部位的聲母來表現。雖然我們不知道這個聲義結合體（記作 *b〈中分〉）是不是最早的或最原始的"語根"，但是根據郭君的研究，我們可以說：現存最古資料中所反映的漢語的"中分、跌倒"之義，是用唇塞音說的。這不啻告訴我們如果漢藏或其他語種中的"中分、跌倒"義的詞族，也發唇塞音的話（亦即 *b〈中分〉、*b〈跌倒〉），那麼 *b〈中分〉和 *b〈跌倒〉就足可用來鑒定和證明語言之間的親緣關係。就是說，將來詞語同源和語言親屬的關係建立，可以用"義根比較法"來驗證。

郭君研究的更大意義還在於他為訓詁學鑿開了一個大豁口，"群山萬壑赴荊門"，後續的研究必將接踵而至。很顯然，這一研究為漢語語源學開闢一個新領域，開發出一大批需要深入研究的子課題。譬如：

1）唇塞音還有哪些獨有的意義？

2）舌音的獨有意義是什麼？有哪些？

3）齒音的獨有意義是什麼？有哪些？

4）牙音的獨有意義是什麼？有哪些？

5）喉音的獨有意義是什麼？有哪些？

這既是我們當時的設計，也是眼下的工作；當然，可以和需要進一步延伸的項目和問題，還遠不止於此。毋庸置疑，無論這裏義根 *b〈中分〉、*b〈跌倒〉的結論可商與否，義根的研究則將由此而生；無論郭君義根的證明成功幾何，不同“輔音”、“元音”及“輔—元音”獨有義根的發掘與研究，亦將由此而興。從這個意義上説，詠豪的著作乃當代“根義訓詁”的第一部；其創造性、突破性及其學術之意義，蓋在於斯矣！

郭君雖往，著述永長。生前的同學好友羅奇偉、趙璞嵩、陳遠秀、李果、鄧慧倩、盧冠中，殷殷含哀，校其書稿；其寄思懷念之情感人肺腑。嗚呼，尚饗！

是為序。

馮勝利

2013 年 5 月 1 日

於中大三苑塈垣齋

第一章　前　言

第一節　研究目標

　　同源詞是從一個語根派生出的詞語，因此聲音相同或相近，意義相同或相關。詞是聲音和意義的結合體，詞的音義如何結合是傳統訓詁學和現代語言學都關注的課題。音義的聯繫是必然的，還是偶然的，向來意見分歧，論者各執一端，莫衷一是。漢語詞源學其中的一項研究內容，就是研究詞源的音義是如何結合的原理。

　　黃易青總結漢語詞源學的研究對象和內容大致有六個方面：(1) 同源關係；(2) 同源詞的意義關係；(3) 同源詞的聲音關係；(4) 詞源音義結合的道理；(5) 同源詞滋生的原理和規律；(6) 詞源學概論。[1]過去學者對這六項工作作出了許多有價值的研究，例如第 1 項"同源關係"有章太炎、高本漢(1937)、藤堂明保(1967)、王力(1987)、張希峰(1999，2000，2004)、殷寄明(2007)等豐富的研究，繫聯了大量的同源詞；[2]第 2 項"同源詞意義關係"

---

①　黃易青：《上古漢語同源詞意義系統研究》，北京：商務印書館，2007 年，4-5 頁。

②　章太炎：《文始》，收入上海人民出版社編：《章太炎全集》（七），上海：上海人民出版社，1999 年；高本漢著、張世祿譯：《漢語詞類》，1937 年；藤堂明保：《漢字語源辭典》，東京：學燈社，1967 年；王力：《同源字典》，1987 年；張希峰：《漢語詞族叢考》，成都：巴蜀書社，1999 年、張希峰：《漢語詞族續考》，成都：巴蜀書社，2000 年、張希峰：《漢語詞族三考》，北京：北京語言大學出版社，2004 年；殷寄明：《漢語同源字詞叢考》，上海：東方出版中心，2007 年。

有殷寄明(1998)、黃易青(2005，2007)等、第 3 項"同源詞的聲音關係"有孟蓬生(2001)等，總結了同源詞的意義關係和聲音關係，提出規律和原理；[①] 第 4 項"詞源音義結合的道理"有史傑鵬(2004)提出上古漢語韻母收唇 [-m] 的詞都有包含、疊合、銳薄等意義，論證了音義聯繫之理；[②] 第 5 項"同源詞滋生的原理和規律"的有馮勝利(2005)提出了輕動詞句法可以造同源詞的原理和規律；[③] 第 6 項"詞源學概論"的有任繼昉(1992)、殷寄明(2000)、張博(2003)等總結了詞源學的歷史、定義和方法等學科基礎。[④]

　　學者一直以來主要集中於研究上述第 1、2、3、5、6 項內容，而第 4 項"詞源音義結合的道理"，即研究詞語在最初產生的時候聲音和意義結合的道理，[⑤] 並沒有受到重視，原因有三：其一，學者普遍認為音義在最初的結合是偶然的、約定俗成的，因此並沒有必要研究。[⑥] 其二，有學者認為由於材料的不足和方法的欠

---

①　殷寄明：《漢語語源義初探》，上海：學林出版社，1998 年；黃易青：〈論上古漢語同源詞的"義通"〉，收入《中國人文社會科學博士碩士文庫(續編)・文學卷》，杭州：浙江教育出版社，2005 年，1213-1294 頁；黃易青《上古漢語同源詞意義系統研究》，北京：商務印書館，2007 年；孟蓬生：《上古漢語同源詞語音關係研究》，北京：北京師範大學出版社，2001 年。

②　史傑鵬：《先秦兩漢閉口韻詞的同源關係研究》，北京師範大學博士論文，2004 年。

③　馮勝利：〈輕動詞移位與古今漢語的動賓關係〉，《語言科學》，2005 年第 1 期，3-16 頁。

④　任繼昉：《漢語語源學》，重慶：重慶出版社，1992 年；殷寄明：《語源學概論》，上海：上海教育出版社，2000 年；張博：《漢語同族詞的系統性與驗證方法》，北京：商務印書館，2003 年。

⑤　黃易青《上古漢語同源詞意義系統研究》，北京：商務印書館，2007 年，5 頁；張志毅：〈《說文》的詞源學觀念 ——《說文》所釋"詞的理據"〉，《辭書研究》，1991 年第 4 期，50-58 頁。

⑥　王寧：〈漢語詞源的探求與闡釋〉，《中國社會科學》，1995 年第 2 期，167-179 頁；蔣紹愚：〈音義關係析論〉，《中國語文研究》，2001 年第 1 期。

缺，詞語原初的音義結合是無法驗證的。[1] 其三，上古漢語的同源詞的全面繫聯和詞族的構擬還沒有完成，沒有充夠的繫聯，難以概括出聲音和意義之間的聯繫，遑論探求原始詞的音義結合的原理。由於上述三個理由，詞源音義結合的原理並沒有得到充分的研究。然而，"詞源音義結合的道理"的研究實屬詞源學的重要課題，湯炳正認為"探求此聲音何以能表示此事物，乃研究語言起源之核心問題。"[2] 雖然不是沒有學者討論過詞語的音義關係，但是他們的討論並沒有受到重視，使漢語詞源學的建立和發展有所欠缺。

　　前人對於詞源的音義結合的研究主要有兩方面。其一是探討聲音與意義結合的根據，例如章太炎認為語言最初的發生與人的觸受有關，有的原始詞是模仿自然的聲音，如"何以言雀，謂其音即足也。何以言鵲，謂其音錯錯也。"[3] 這是説把雀用"雀"這個讀音來指稱是模仿雀的聲音。

　　另一種對音義結合的研究是探究特定一類的聲音與特定一類的意義的聯繫。從詞語的聲音看，漢語詞語的一個音節可以分為聲母和韻母。有學者認為特定一類的聲母或韻母多表示某類意義。例如梁啟超、劉賾認為同聲紐的字義多相近，[4] 例如梁啟超認為幫滂並紐字多有"分析"、"分散"義；劉賾認為明母字多有"末"義，其原因是"發音部位始於喉而終於唇，明紐又居唇音之末，其聲即含末義，其發聲以吻，吻即口之末也。"[5] 劉師培則

---

① 王寧：〈漢語詞源的探求與闡釋〉，《中國社會科學》，1995 年第 2 期，167–179 頁。

② 湯炳正：〈語言起源之商榷〉，收於湯炳正：《語言之起源》，台北：貫雅文化事業有限公司，民國 79 [1990]，1–35 頁。

③ 章太炎：〈語言緣起説〉，（章太炎撰，龐俊，郭誠永疏證）《國故論衡疏證》，北京：中華書局，2008 年，165–183 頁。

④ 劉賾：〈古聲同紐之字義多相近説〉，《制言》，1936 第 9 期。

⑤ 劉賾：〈古聲同紐之字義多相近説〉，《制言》，1936 第 9 期。

認為同韻部的字義多相近,例如"之耕二部之字,其義恆取於挺生。支脂二部之字,其義恆取於平陳。歌魚二部之字,其義多近於侈張。侯幽宵三部之字,其義多符於斂曲。推之蒸部之字,象取凌跼。談類之字,義鄰隱狹。真元之字象含聯引。其有屬於陽侵東三部者,又以美大高明為義"等等。① 按照劉賾的觀點,音義之間是有必然的聯繫的,一類聲母具有某種發音特徵驅使人們選擇此類聲母表達某種意義。

這些看法受到後來的學者批評。有的是從方法上作出批評,例如殷寄明批評梁啟超說"今天看來,同源詞的判定、語源的分化問題分析,都不能置文字之韻部於不顧,梁氏的方法有失偏頗。"② 孟蓬生也認為"雙聲時一定有韻轉之軌跡在,疊韻時一定有聲轉之軌跡在,不得偏執一端。"③ 有的是從語言學理論和語言事實作出批評,蔣紹愚批評說:"這樣一些觀點,在理論上是錯誤的,與事實也不相符。"④ 由於學者普遍接受音義是任意結合的這一條普通語言學的原則,認為音義的結合是偶然的、約定俗成的,一類聲母或韻母多有某義的觀點並沒有廣為接受。再者,由於學者觀察到語言中存在一音對應多義和一義對應多音的現象,因此反對一音對應一義的看法。

本文即旨在研究是否真的存在一類聲母和一類意義是有聯繫的。雖然學者提出了音義任義結合的原則和一音對多義、一義對多音的現象,但其實這兩點並不足以反對一音對一義存在的可能

---

① 劉師培:〈古韻同部之字義多相近説〉,《左盦集》,上海古籍出版社,2010 年,20 頁。
② 殷寄明:《語源學概論》,92 頁。
③ 孟蓬生:《上古漢語同源詞語音關係 究》,79 頁。
④ 蔣紹愚:《古漢語詞彙綱要》,172 頁。

性,這一點我們將在第二章加以論述。如果理論上並不反對一音對一義存在的可能性,我們欠缺的是適當的方法以確定這種可能性事實上是否存在。然而,音義關係的研究尚未得到充分的注意,至今還未有人對"聲母 —— 意義"的聯繫進行過詳細的研究。因此,本文希望通過一定的方法,探究"聲母 —— 意義"的聯繫。

本文選擇了以唇塞音聲母為研究對象,原因是不少學者曾經指出唇塞音聲母多有"分"義,但是他們的研究並沒有引起廣泛的注意,而且他們的方法和結論有一定的不足。我們希望在前人的研究基礎上,深入探討唇塞音聲母與特定意義的聯繫,也希望除了過去討論的"分"義,發現其他唇塞唇聲母的音義聯繫。為研究詞語音義如何結合打開一個缺口,為這個課題在漢語詞源學開闢一個位置。

接下來我們將介紹前人在這個課題上的研究成果,分析他們的不足,為後文提出的論證作出準備。

第二節　研究概況

清人開始提出"聲母同意義近"的看法,並且在訓詁實踐中得到了體現。到了民國有學者明確主張"古聲紐同之字義多相近",外國學者也注意到這個現象。學者提出了兩種不同的理由解釋"聲母同意義近"的現象,一種解釋是源於語音象徵(sound symbolism),另一解釋是源於單輔音詞根(uniconsonantal root)。我們在這一節簡單介紹和評論這些意見,為我們的研究找出合適的起點。

1.2.1　前人對"聲母同意義同"的觀察

　　早在清代，戴震已經提出"聲母同則義同"的主張。戴震說："凡同位則同聲，同聲則可以同乎其義。位同則聲變而同，聲變而同則其義亦可以比之而通。"[①]"同位"指聲母發音部位相同，"位同"指聲母發音方法相同。[②] 按照戴震的說法，聲母具"同位"或"位同"關係的詞語則意義相同。他舉了幾個例子說明。"同位"的例子，如第一人稱代名詞的"吾"、"卬"、"言"、"我"聲母同屬疑母。"位同"的例子，如第二人稱代名詞"爾"、"女"、"而"、"戎"、"若"聲母讀泥母或者日母，泥母是舌音鼻音，日母是齒音鼻音，發音部位不同但發音方法相同。從戴震所舉的例子看，他提出的看法似乎主要是針對虛詞，至於是否包括實詞，戴震並沒有全面的論說。

　　乾嘉學者主張以聲音通訓詁，有所謂"一聲之轉"，即有些意義相同的詞語聲母相同但韻部不同。王念孫、王引之、郝懿行、錢繹等常常說到"一聲之轉"，從聲紐聯繫同源詞。[③]《廣雅·釋詁四》："剖、辟、片、胖，半也。"王念孫認為"皆一聲之轉

---

① 戴震：《轉語二十章序》，《戴震全集》（五），北京：清華大學出版社，1991，2524–2523 頁。

② 何九盈：《中國古代語言學史（新增訂本）》，289 頁。

③ 例如王念孫經常以聲紐繫聯同源詞，以"一聲之轉"、"語之轉"表示。陳新雄（1997）統計《廣雅疏證·釋詁》四卷中共一百零六條言"一聲之轉"、"語之轉"。（陳新雄：〈王念孫《廣雅釋詁疏證》訓詁術語一聲之轉索解〉，《訓詁論叢（第三輯）》，台北：文史哲出版社，1997 年，283–326 頁。）華學誠等（2003）統計《廣雅疏證》中"聲之轉"、"一之轉"出現了一百七十四條。（華學誠、柏亞東、王智群、趙奇棟、鄭東珍：〈就王念孫的同源詞研究與梅祖麟教授商榷〉，《古漢語研究》，2003 年第 1 期，8–13 頁。）其中有大量聯繫的同源詞韻部相隔很遠，如"空、竅"同是見系，東部與元部相轉，"敥、黏、黏"同是泥母，質部、談部與魚部相轉。可見王念孫在繫聯同源詞時看重聲紐的關係。

也。"① "剖"、"辟"、"片"、"胖"、"半" 的聲母都是唇塞音，共
通的意義是 "一半"，王念孫認為這五個字聲母同類，意義相同，
所以説它們是 "一聲之轉"。王念孫的《釋大》是探討 "聲母——
意義" 聯繫的專述，其中匯集了聲母同屬牙音而同具 "大" 義的
詞語，體現了王念孫認為特定聲母有特定意義的主張。

　　梁啓超最先提出特定聲母多具某類意義的主張。他認為 "有
清一代，古韻之學大昌，於聲音與文字之關係漸知注重矣，然其
研究集中之點，在收音而不在發音——重視疊韻而輕視雙聲，
未為至詣也。"② 他認為 "凡轉注假借字，其遞嬗孳乳，皆用雙
聲。" "同一發音之語，其展轉引申而成之字可以無窮。" "用同
一語原，即含有相同或相受之意味而已。"③ 例如他認為有一批詞
語聲母屬唇塞音 P，表示的意義不外兩種：一是事物的 "分析、
分配、分散"，二是 "事物的交互錯雜"。梁啓超認為 "八" 是語
根，"八" 衍生 "八、必、別、分、半、平、班、辨"，這些詞語
又各自衍生詞語，例如 "半" 衍生 "判"、"畔"、"胖" 等等，所
有詞語合共四十四字，聲母都是唇塞音，意義都不外於 "分析、
分配、分散" 和 "交互錯雜"。這些詞語意義相關，讀音上韻部相
差很大，唯一相同的是聲母都屬唇鼻音。

　　王力也注意到有一系列聲母相同的字有共同的概念，例如
一系列的明母字表示黑暗或有關黑暗的概念，如 "幕、昧、霧、
滅、晚" 等，有一系列影母字表示黑暗和憂鬱的概念，如 "陰、

---

① 　王念孫：《廣雅疏證》，125 頁。
② 　梁啓超：〈從發音上研究中國文字之源〉，收入《飲冰室合集》卷三十六，上海：
　　中華書局，1936 年，38 頁。
③ 　梁啓超：〈從發音上研究中國文字之源〉，收入《飲冰室合集》卷三十六，上海：
　　中華書局，1936 年，38、40、41 頁。

暗、影、幽、奧"等,有一系列日母字表示柔弱、軟弱的概念,如"柔、弱、荏、兒、孺"等。[①]

梁啟超、王力都觀察到有一批同源詞聲母相同而韻母相差很遠,但是共有一個核心意義。不過,他們未有討論這種現象的本質是什麼。有學者也注意到有些詞語聲母相同,意義相近,但韻母相差很遠,並且嘗試提出解釋。

1.2.2　前人的解釋一:語音象徵

提出"聲母同義近"是源於模仿發音形態的學者有劉賾、朱桂耀、湯炳正等。劉賾認為聲紐相同的詞語意義多相近,例如他認為 P 聲母多表示"披分",原因是"唇音發送,其言也辨,故其義多披分而比",即認為意義上的特徵與發音方式的特徵有聯繫。[②] 朱桂耀持相同的看法,認為發音模仿事物的特徵,因此出現一批表示相近概念而聲母相同的詞語。[③] 湯炳正認為唇音有表示合併掩閉的意義,他說:"凡屬唇紐之語音,亦即一音綴中之第一音素為 b、p、m 等雙唇輔音者,其發音之特徵乃在兩唇之合併掩閉,因而先民在創造語言時,即利用此兩唇合併掩閉之形態,以摹擬凡有合併掩閉之特徵的事物,更輔以聲帶振動之音響,以傳達此義於對方。"[④] 例如"駢、衲、比、覘、算、屏、冪"等。在韻末亦然,如"兼、合、厭、弇、嗫、夵"等。

這些學者都認為之所以出現"聲母同,意義近"的現象,是

---

① 王力:《漢語史稿》,543–545 頁。

② 劉賾:〈古聲同紐之字義多相近說〉,《制言》,1936 第 9 期。

③ 朱桂耀:〈中國古代文化的象徵〉,《晨報副刊》,1924 年 6 月 20 日。

④ 湯炳正:〈語言起源之商榷〉,收於湯炳正:《語言之起源》,台北:貫雅文化事業有限公司,民國 79 [1990],1–35 頁。

源於特定聲母模仿發音的形態，古人在造詞時，選擇特定的聲母表達特定的意義。這種解釋是從語音象徵作出的解釋。

1.2.3　前人的解釋二：單輔音語根

蒲立本也注意到有一系列的詞語聲母相同，意義相近，但是韻母相當不同。[①] 例如他舉例 "比"、"併"、"並"、"邊"、"遍"、"偏"、"方"、"傍" 聲母同屬唇塞音，都有 "一邊" 的意思。又如 "尼"、"昵"、"狃"、"粘" 聲母同屬舌鼻音，都有 "貼近" 的意思。但是他認為這種 "聲母同，意義近" 的現象並非源於語音象徵，他的論據是有一批聲母相同的詞語表示相同語法功能，如 "無"、"勿"、"亡"、"莫"、"未"、"蔑" 等詞語聲母同是唇鼻音 m-，同樣表示否定的語法功能。又如第一人稱的 "吾"、"我"、"卬" 同以舌根鼻音 ŋ - 為聲母，第二人稱的 "如"、"而"、"乃" 等同以舌尖鼻音 n- 為聲母。其次，有些實詞與虛詞聲母相同而意義相近，如"克"既有"征服"義，又作助動詞表示"能夠"；"克" 跟 "可" 同源，"可" 與 "荷"（負荷）同源。這些現象都不能以語音象徵來解釋。[②]

蒲立本認為 "聲母同，意義近" 的現象是源於原始漢藏語可能曾經存在單輔音語根，後來加上其他音素使意義更加明確，形成一個詞族。隨着時間的發展，這種聲母與韻母的結合後來變成固定的、不可分析的形式，語音轉變也逐漸掩蓋了原初形式，於

---

① Pulleyblank, E.G., *Some New Hypotheses Concerning Word Families in Chinese*, Journal of Chinese Linguistics, vol. 1, no. 1, 1973, p111–125.

② Pulleyblank, E.G., *Some New Hypotheses Concerning Word Families in Chinese*, Journal of Chinese Linguistics, vol. 1, no. 1, 1973, pp. 121–122.

是出現了一批聲母相同而韻母很不同的同源詞,從表面上看聲母是音節以下有意義的元素。[①]

1.2.4 前人研究的不足

　　上述前賢學者探討了特定類別的聲母表示某種意義,為研究音義結合的課題打開了新的領域。一個詞語是一個音節,一個音節承載意義,但根據上述學者的說法,不但音節表義,聲母也能表義。聲母表義的來源可能是由於語音象徵驅使語言創造者選擇特定聲母表達特定意義,也可能是由於單輔音語根的衍生和演變。這些研究為我們探討音義關係打開了新的思路。不過,我認為他們的研究尚有進一步探討的地方。

　　第一,大部分學者的結論都是説"某類聲母多表示某種意義","多"表示不只是一類聲母表示這種意義,其他聲母也表示這種意義,特定聲母與特定意義的結合就不是獨有,聲母和意義的聯繫有可能只是偶然的。例如前人認為唇音多表示"分判"、"分散",但是牙音的"解"、"劊"也表示分析,《説文》:"解,判也。""劊,判也。"二詞都表示"判",而"解"和"劊"韻部不同,但聲母同為牙音。齒音也有一系列詞語有"分析"、"分散"的意思,如"析"(分析)、"嘶"(聲音破散)、"澌"(碎裂的冰)、"灑"(把水潑散)、"碎"(破碎)、"散"(分散)、"撒"(使物分散)、"黢"(散米)等。若然如此,唇音、牙音、齒音都有"分判"、"分散"義,我們就不能説"唇音 —— 分判、分散"是獨特的音義聯繫。

[①]　Pulleyblank, E.G., *Some New Hypotheses Concerning Word Families in Chinese*, Journal of Chinese Linguistics, vol. 1, no. 1, 1973, pp. 122–123.

　　第二，學者鮮有分析詞語的具體意義，對語義作寬泛的解釋，未能準確掌握詞語的詞義特徵；或者是僅憑古代的訓詁和個人的語感，而未有提出具體的方法分析聲母所表達的語義。例如學者所觀察到的唇音多表示"分析"、"分散"，但何謂"分析"，唇音表示怎樣的一種"分析"，"分"的"分析"義和"析"的"分析"義有沒有不同，意義上的不同和聲母上的不同是否有聯繫，這些問題學者都沒有考慮到。

　　第三，至今學者都只是提出一些籠統和粗略的想法，隨意列舉一些例子，但對例子都沒有作出仔細的說明和考證，許多例外都未加以考慮和分析，尚未有人專門就一類聲母或一類意義作出全面和詳細的考察。此外，學者也欠缺方法證明他們的猜想，大多只是列舉一連串例子說明某類聲母多表示某種意義。

　　第四，許多提出聲母表義的學者都認為聲母和意義之間有必然的或自然的關係，例如劉賾認為"聲象乎意，以唇舌口氣象之"，[①] 劉師培認為："蓋人聲之精者為言。既為斯意，即象斯意，制斯音，而人意所宣之音，即為字音之所本。"[②]"古人之言，非苟焉而已。既為此意，即象此意制此音。故推考字音之源，約有二故：一為象人意所制之音，一為象物音所制之音。要之，皆自然之音。"[③] 黃易青認為聲母 —— 意義的聯繫是"音義自然相關之理"，甚至認為他自己的結論與普通語言學的基本理論互相矛盾。[④] 然而，他們忽略了其他種種可能性，即使聲母與意

① 劉賾：〈古音同紐之字義多相近說〉，《制言》，1936 第 9 期，1 頁。
② 劉師培：〈原字音篇上〉，《左盦集》，上海：上海古籍出版社，2010 年，19 頁。
③ 劉師培：〈正名隅論〉，《左盦外集》卷六，上海：上海古籍出版社，2010 年。
④ 黃易青：《上古漢語同源詞意義系統研究》，北京：商務印書館，2007 年，194 頁。

義有聯繫，也不是沒有可能是出於偶然的，例如蒲立本的解釋就是其中一種可能性。我們不應輕率地否定音義任意性的原則，武斷地認為一音與一義有必然的或自然的關係。

第五，學者的論述會讓人以為一種聲母只表示一種意義，但語言事實顯然並非如此，一音可表多義，多音可表一義，批評者很容易找出反證，詰難聲母表義的觀點只是出於偏面和局限的觀察。當然，持聲母表義說的學者由於沒有顧及到聲義關係的其他可能性，因而造成批評者的誤解。

第六，學者所討論的聲母表達的意義都很局限，例如大多討論都指出唇塞音聲母表示"分判"、"分析"，但除了這類意義外，甚少提出其他可能是唇塞音聲母所表達的意義。唇塞音聲母還有沒有表示其他意義，尚待進一步的探究。

總括而言，前賢學者敏銳地觀察到特定聲母與特定意義之間有聯繫，為研究語言音義結合開拓了的新領域，然而尚有不足之處，需要作出更詳細具體的研究。

第三節　研究大綱

本文在前賢學者的研究基礎上，進一步深入探討唇塞音聲母的音義關係。本文的研究將針對前人研究的不足之處，提出一些新的思路，為音義關係的研究提供一個可以考慮的方向。

針對前人所說的某類聲母多表示某種意義，本文將研究某類聲母獨有的意義，下文簡稱聲母獨有義。其實前人不是沒有觸碰到這個聲母獨有某義的想法，例如黃易青認為事物的運動可以分為兩個內容，一是運動的態勢，即以什麼方式、形式發生；二是運動的過程，包括運動的軌跡和運動的結果。他認為"事物特徵所以形成的運動態勢與聲母是有規律地相對應的""唇音字的運動態勢是分判為兩部分,即強調相並比的兩邊,牙音字的運動態勢強調橫向垂直的斷開。"① 不過,何謂"運動態勢與聲母是有規律地相對應",他並沒有詳細交代。此外,他只是用了一小段的篇幅討論唇音所表示的運動特徵,舉例也只有"判"、"畔"、"半"、"片"、"胖",就提出唇音有規律地對應"分判為兩部分"的意義。再者,何謂"橫向垂直的斷開",也是含混不清。本文則提出具體而明確的聲母獨有義作為研究對象。假如存在某類聲母獨有某義,而不是某類聲母多表示某種意義,我們才能比較肯定這類聲母與這種意義有獨特的關係。

　　所謂聲母獨有義是指一類聲母獨有的意義,這可以有兩類情況。第一種情況是一個音節獨有某義,這蘊涵了這個音節的聲母獨有某義。例如假設 pa 這個音節獨有"大"義,換言之,韻母相同但聲母不同的音節如 ka、ta 沒有"大"義,而聲母相同但韻母不同的音節如 pi、pu 都沒有"大"義。在這個情況中,聲母 p- 與"大"義有獨特的聯繫,但聲母和韻母是互相選擇的,即韻母 -a 要選擇聲母 -p,聲母 -p 要選擇韻母 -a,才能表示"大"義。我們可以說在各類聲母中 p- 獨有"大"義,但我們同樣可以說在各類韻母中 -a 獨有"大"義。另一種情況是一批聲母相同但韻母不同的詞獨有某義。例如假設 pa、pi、pat、peng 獨有"大"義,其他聲母非唇音的音節都沒有"大"義,這幾個音節的共同點是聲母同為 p-,意義同為"大",p- 和"大"義有獨特關係。由於這幾個音節的韻母不盡相同,看不出韻母和"大"義有獨特關係,在這

---

① 黃易青:《上古漢語同源詞意義系統研究》,北京:商務印書館,2007 年,164 頁。

種情況下，我們可以比較確定單獨聲母本身在表義上起作用。本文主要研究後一種情況，以找出唇塞音聲母獨有的意義。

　　有人可能會以音義任意性的原則反對聲母獨有義的存在，因此我們需要對音義任意性的原則進行簡單的探討，弄清楚一些概念，並且為聲母獨有某義的可能性提出論證。自現代語言學之父索緒爾（Ferdinand de Saussure, 1857–1913）把音義任意性看作語言學的第一原則，學者普遍認為語音和意義之間的關係是任意的，是約定俗成的。然而，過去學者提出的論據有二，一是不同語言對同一事物有不同的名稱，二是世界存在不同的語言。我們認為這兩點並不足以否定聲母獨有義存在的可能性，不同語言可以有不同的音義的約定，對於同一事物也可以有不同的命名理據，但這不足以否定在一種語言裏存在聲母獨有義的可能。其次，前人的討論常常把意義和實際事物混同起來，提出同一事物可以用不同的聲音指稱，因而認為音義是任意的。我們認為要區別名、義、實，才能分析出聲母獨有義。此外，有人可能會拿一個語言裏存在一音對多義和一義對多音的現象，來否定一音對一義的存在的可能性。我們認為這是不成立的，通過詞義和詞源的仔細分析，並非沒有可能存在音義的獨特對應。如果存在聲母獨有義，它的本質是什麼值得加以考慮。前人提出過語音象徵和單輔音語根兩種解釋，我們還可以加以細分不同的可能性。以上內容詳見第二章。

　　學者過去在討論聲母與意義的關係中，主要是靠古代的訓詁和個人對語義的認識，缺乏對古代訓詁的鑑別和對語義的分析。反對聲母獨有義的人可能會拿古代訓詁中二字相訓，例如《淮南子・繆稱訓》："若跌而據。" 高誘注："跌，仆也。" 舌音的

"跌"與脣音的"仆"相訓，又或者認為"跌"和"仆"都是表示"跌倒"，因而認為不存在聲母獨有義。我們認為拿訓詁上的混淆，以及由於未有分析語義而把不同的語義看作等同，這都不足以否定聲母獨有某義。因此，我們認為要鑒別訓詁的混淆，並且綜合利用各種分析詞義的方法，才有可能分析出聲母獨有義。以上內容詳見第三章。

　　循着以上的研究思路，我們需要實證證明聲母獨有義存在的可能性。我們選擇了脣塞音聲母作為研究對象，並不是要把脣塞音聲母的所有意義都分析是否是脣塞音所獨有的，這項工作並非本文在有限篇幅裏所能處理的。我們將鎖定特定一類的意義，考察意義相同而聲母分佈在脣、喉、牙、舌、齒的詞語，分析它們各自的語義特徵，再觀察聲母與特定的語義特徵的聯繫，以此探求脣塞音聲母的獨有義。本文選取了"分解義"和"跌倒義"兩類意義進行分析。前人討論了脣音多表"分解"，但是並沒有人進行過詳盡的分析。我們將在前人的研究基礎上，作出更深入的探討。其次，前人從來沒有提出過脣音表示特定一類的"跌倒義"，但根據調查，我們發現"跌倒義"可以分為不同語義類，而脣音獨佔一類。以上內容詳見第四章。

　　通過探求脣塞音聲母的獨有義，我們得到了幾點理論意義和實踐效果。從理論上看，聲母獨有義的確定可以為詞語音義關係的研究提供新的思路與方法，並且為同源詞的意義的分析提供新的方法。從實踐上看，聲母獨有義的確定可以為判斷同源詞提供意義驗證的標準，並且為判斷訓詁提供驗證的標準。以上內容詳見第五章。

　　通過不同方面的分析，我們發現聲母獨有義的確有可能存在。當然，由於語言的產生比文字記錄早得多，現存上古漢語最早而可靠的文獻只能追溯至商或西周時代，僅靠上古漢語的文獻是否能確定詞語最早的音義結合，這方面我們承認是有值得商議之處。其次，有許多文獻在歷史長河中失落了，傳世文獻也有文字上的訛誤脫漏，可以根據的可靠材料是很有限的。此外，我們注意到上古存在不同地域的方言，文獻記錄的語言攙集了或多或少的方言成分，所謂上古漢語有一定的複雜性。再者，由於資料的缺乏，有個別的詞語我們不能完全確定其詞義。讀者有可能會就這種種方面對本文提出質疑。然而，本文的意義在於提出新的研究和研究方法，即從聲母獨有義入手探討詞語的音義關係，為漢語詞源學在詞的音義結合的研究中開闢一扇窗口。而本文所列出的證據已經是我們所掌握的材料和方法裏得出的最有可能的結果，至於不確定的地方，以及更多的理論上和分析上的疑問，就有待將來作進一步的研究。

第二章　聲母中音義關係的理論探討

　　現代語言學的主流觀點認為語音和意義的結合是任意的。語言符號即是語音和語義的結合體，換言之，語言符號是任意的。人們普遍認為任意性是語言符號的本質，適用於所有語言。

　　本文提出上古漢語裏存在某些意義是一類聲母所獨有的，這似乎跟語言符號任意性的原則互相矛盾。有人會認為，如果語言符號是任意的，語音和意義之間沒有必然的關係，則不應該存在聲母獨有義；如果存在聲母獨有義，語言符號就不是任意的。其實，音義任意結合的原則和聲母獨有義的存在並非互相矛盾的，關鍵在於我們如何詮釋聲母獨有義的性質。聲母獨有某義只是一種現象，產生這種現象的原因可以有不同的可能性。

　　在討論聲母獨有義存在的可能性之前，我們希望先說明幾個跟語言符號的性質有關的概念。音義任意說雖為人熟知，然而當中有一些概念，人們經常把它們混淆。因此，這一章將先討論音義結合任意說，簡述其主張和論證，然後作出相關的討論，讓我們對音義任意說有更清晰的認識。然後我們將討論聲母獨有義產生的可能性、證明方法、證據及其本質，為聲母獨有義的研究奠定討論基礎。

第一節　音義結合任意說

　　談到語言符號具任意性，人們會首先想起索緒爾(Ferdinand

de Saussure, 1857–1913）。其實，西方對語言符號是自然還是約定的辯論可以追溯至古希臘的柏拉圖的《克拉底魯篇》（Cratylus）。直至近代哲學家洛克（John Locke, 1632–1704）提出了"任意"（arbitrary）一詞，他在《人類理解論》（An Essay Concerning Human Understanding）中認為詞語是用以傳遞思想的符號，"特定發音和某些思想之間沒有自然聯繫，否則全人類只有一種語言。詞語是任意地成為一個思想的標記。"① 其後有許多學者討論過語言符號任意性的問題，② 其中語言學家惠特尼（William Dwight Whitney, 1827–1894）對索緒爾產生了重要的影響。然而，索緒爾是第一位把語言符號任意性提升至語言的首要原則，對現代語言學產生深刻的影響，因此這一節從索緒爾的討論談起。

2.1.1　任意說的主張與論證

我們在討論索緒爾論證音義關係為任意的說法之前，要先了解索緒爾對語言符號的界定。索緒爾認為"語言符號連結的不是事物和名稱，而是概念和音響形象。[……] 我們把概念和音響形象的結合叫做符號，[……] 用所指和能指分別代替概念和音響形象。"③ 他強調語言符號不是名字與實物的結合，而是概念和

---

① 原文："Thus we may conceive how words, which were by nature so well adapted to that purpose [communication of thoughts], came to be made use of by men as the signs of their ideas; not by any natural connexion that there is between particular articulate sounds and certain ideas, for then there would be but one language amongst all men; but by a voluntary imposition, whereby such a word is made arbitrarily the mark of such an idea." 見 Chapter II

② 參 Ullmann, S., Natural and Conventional Signs, in Sebeok, Thomas A, ed., *The Tell Tale Sign: A Survey of Semiotics*. Lisse: Peter de Ridder Press, 1975, p.103–110.

③ 《普通語言學教程》，101–102 頁。

聲音的結合。

索緒爾界定了何謂語言符號以後，開始討論語言符號的本質。他認為"能指和所指的聯繫是任意的，或者，因為我們所說的符號是指能指和所指相聯結所產生的整體，我們可以更簡單地說：語言符號是任意的。"①他把這條原則列為語言的第一個原則。索緒爾對"任意"有一些註明：

第一，"任意"並不意味人們可以自由選擇使用什麼語言符號，一個語言符號在語言集體中確立以後，集體中的使用者都得使用它。

第二，"任意"是指"無理據的(unmotivated)"，"即對現實中跟它沒有任何自然聯繫的所指來說是任意的"。

第三，有一部分的符號是絕對任意的，但有一部分的符號是相對任意，即可以是相對地有理據的。絕對任意性和相對任意性是程度的差別。他舉例法語的 vingt "二十"是不能論證的，dix-neuf "十九"是由 dix "十"和 neuf "九"構成的，可以相對地有理據的。

第四，整個語言系統都是以符號任意性為基礎的，是複雜和無序的；但人們的心理又給一部分符號賦予理據性，帶來秩序和規律。

索緒爾提出了兩項證據證明語言符號的任意性。第一項證據是不同語言對同一事物有不同的名稱，例如所指"公牛"，法語使用能指 b-ö-f，德語使用能指 o-k-s(ochs)。②如果能指和所指有自然聯繫，就不應該存在同一所指與不同的能指結合。第二項證據

---

① 《普通語言學教程》，102 頁。
② 《普通語言學教程》，103 頁。

是世界存在不同的語言。[①] 如果能指和所指有自然聯繫，人類居住在相同的世界，人類的語言應該都是相同的，但是世界卻存在不同的語言。

索緒爾提出了任意性，但並沒有忽略有些語言符號不是任意的，也是有理據的。不過，他認為任意性是語言的本質，理據性要建立在任意性的基礎上。他指出，"整個語言系統都是以符號任意性的不合理原則為基礎的"，但是這將會使語言變得非常複雜，而人們的心理會為一大堆符號的某些部分帶來一種秩序和規律，索緒爾稱為 "相對論證性"。[②] 這點正與後來的學者認為原生詞的音義結合是任意的，派生詞的音義結合是有理據的這個觀點相同。

索緒爾提出了音義任意說後影響深遠，成為人們一般接受的觀點。接下來我們會討論關於音義任意說的問題。

2.1.2 對任意說的討論

(1) 不同語言的差別不能支持任意說

索緒爾提出 "不同語言對同一事物有不同的名稱" 作為支持任意說的證據，我們來討論這一點是否充分支持符號任意性。

索緒爾舉即使是擬聲詞也有相當部分是約定的，例如狗吠聲在不同語裏有不同的名稱，漢語叫"汪汪(wang wang)"，英語叫"bow bow"，德語叫 "waf waf"，法語叫"oua oua"。對於同一個所指(狗吠聲)，不同語言有不同的能指，這似乎證明了能指和所指的結合

---

① 《普通語言學教程》，103 頁。按：早在洛克已經說過如果語音和理念有自然聯繫，世界只會存在一種語言，以此作為語音和思想不存在自然的聯繫。

② 《普通語言學教程》，183–184 頁。

是任意的。然而，即使不同語言裏表示狗吠聲的詞都不同，也不能因此認為它們各自在本族語言裏有無理據的。由於讀音約定的不同，具體讀音隨各地語言而異。跨語言的差異只能説明不同語言對語音形式的約定不同，並不能充分證明音義的任意性。不論是任意的符號，還是有理據的符號，都要經過語言群體的約定，因此我們不能拿符號具約定性當作支持符號具任意性的論據。

其次，不同語言詞語的差別，可以是因為理據的不同，不一定能説明它們是任意的。例如青蛙在漢語裏叫"蛙"，是以青蛙的叫聲命名；在古英語裏則叫"frosc"，來自原始印歐語 *preu-，意思是"跳"，與梵文 pru-(跳躍)同源，得名於青蛙善於跳躍。"蛙"和"frosc"同指青蛙，命名同樣是有理據的，但是得名的理據並不相同，這也導致所使用的語音形式並不一樣，然而我們不能因此説它們的能指和所指是任意結合的。"蛙"的讀音的選擇取決於青蛙的鳴叫，"frosc"的讀音的選擇取決於另一詞的音和義。一種事物或現象有不同的特徵，人們可以任意選取以哪一種特徵作為命名的理據。這裏所謂"任意"並不是指音和義任意結合，而是人們在造詞時任意選取現實事物的特徵作為命名的根據，因此我們也不應該以此作為支持音義任意結合的證明。

以上例子説明了兩件事。第一，語言符號可以同時是有理據的和約定的，有理據性和約定性並不是相互矛盾的概念。第二，不同語言可以同樣是有理據，但是理據可以不同，所以語音形式也不同。這説明了單憑不同語言的差別並不能充分支持音義任意結合的結論。因此，"世界存在不同的語言"也不能作為完全支持任意性的論據，而只能作為支持各種語音約定不同的證明。

本文所説的"任意"，是指所指不決定能指的形式。"任意"

和"有理據"組成一組相對的概念，是針對意義是否決定人們選擇什麼形式的語音。對於任意的符號和有理據的符號，它們都要經過語言群體的約定，因此約定性是兩者所共有的。

(2) 區別名、義、實

此外，我們也要區分清楚名、義、實三者。本維尼斯特(1939)注意到索緒爾對語言符號的定義和他對語言符號具任意性的論述之間有矛盾。索緒爾論證語言符號是任意的所舉的例證是"'牛'這個所指的能指在國界的一邊是 b-ö-f (bœuf)，另一邊卻是o-k-s (Ochs)。"[1] 本維尼斯特認為索緒爾所舉的例子其實是說兩個名稱指同一個實物，所謂"'牛'這個所指"是指現實中的事物，而索緒爾認為語言符號是概念和音響形象的結合體，對語言符號的定義中已排除了現實中的事物。[2] 我們要把名、義、實三者區分開，否則我們會找到大量同實異名的例子，不同聲母可以指稱相同的事物，因而不存在聲母獨有某義。我們討論的是音和義的結合，而不是詞和物的關聯。區別名稱、意義和實際事物，才有可能觀察到聲母獨有某義。這點我們將在第三章加以說明。

(3) 區別兩類"音義的內在關係"

索緒爾提出概念和用來做它的能指的聲音"沒有任何內在的關係"，關於何謂"內在的關係"，我們要區分兩個層次：列維——斯特勞斯(Lévi-Strauss)認為"從先於經驗的角度看符號是任意的，而從後於經驗的角度看符號是非任意的。根據霍爾德柯

---

[1] 《普通語言學教程》，103 頁。

[2] Benveniste, E., *The Nature of the Linguistic Sign, in Problems in General Linguistics*, 1971, pp. 44.

勞弗特(Holdcroft)的解釋，代表'公牛'這個符號的聲音(b-ö-f)和它的概念(boeuf)之間沒有內在的聯繫，但是一旦在法語中前者成為後者的能指，說法語的人別無其他選擇只能按照這種方式把兩者聯繫起來。"①

我認為先於經驗的角度即對詞語的創造者而言，後於經驗的角度即對詞語的使用者而言。本維尼斯特(Benveniste)認為說話者使用所指時必然會聯想到它的能指，以此證明能指和所指之間的聯繫不是任意的，而是必然的。其實本維尼斯特是從語言的使用者的角度來說，跟索緒爾的意見是在爭論不同的層面，其論說不足以反對索緒爾的任意性原則。索緒爾也已經強調了所謂任意並非指說話者可以隨便選擇。本文所討論的並非針對語言使用者而言，而是從語言創造者的角度而言。

(4) 區別原生詞和派生詞

除了利用不同語言的比較作為證明，也有學者從一種語言裏提出音義任意性的證明。有學者認為原生詞的音義結合是任意的，派生詞的音義結合才是有理據的。原生詞和派生詞的區分源自陸宗達先生、王寧先生(1988)，他們從詞彙的發展歷史把詞語區分為原生的和派生的，原生詞是在約定基礎上產生的詞，音義結合是偶然的；派生詞是由舊詞分化出的新詞，新詞與舊詞之間音近義通。② 以下是他們的詳細說法：

---

① 張紹傑：《語言符號任意性研究》，8–9 頁。

② 陸宗達、王寧：〈論字源學與同源字〉，《古漢語論集(第二輯)》，1988 年，1–23 頁。

　　在語言發生的起點，音與義的關係完全是偶然的，經社會約定而鞏固。正因為如此，同一聲音可以表達多種完全無關的意義，語言中因此產生大量意義無關的同音詞；而相同或相近的意義又可以用不同的聲音來表達，語言中因此又產生大量聲音相異的同義詞。這都説明音義結合的偶然性。

〔……〕

　　隨着社會的發展和人類認識的發展，詞彙要不斷豐富。在原有詞彙的基礎上產生新詞的時候，有一條重要的途徑，就是在舊詞的意義引申到距本義較遠之後，在一定條件下脱離原詞而獨立，有的音有稍變，更造新字，因成他詞。〔……〕同源詞的音義可以追溯到派生它的舊詞，從這個意義上説，帶有歷史的必然性。[1]

早在沈兼士(1941)已經持這種看法：

　　凡義之寓於音，其始也約定俗成，率由自然，繼而聲義相依，輾轉孳乳，先天後天，交錯參互，殊未可一概而論，作如是觀，庶幾近於真實歟。[2]

有許多學者都是持有相似的意見，認為音義之間的聯繫是從詞語發展和孳乳的過程中產生的，最初造詞時音義之間並沒有必然聯繫，而只是偶然的，沒有理據的，音義的結合是由社會約定俗成

---

[1]　陸宗達、王寧：〈論字源學與同源字〉，《古漢語論集（第二輯）》，1988 年，1–23 頁。

[2]　沈兼士：〈聲訓論〉，《沈兼士學術論文集》，北京：中華書局，1986 年，256–282 頁。

的。[①] 我們可以看到，以上的意見其實索緒爾已經注意到了，即語言以任意性為基礎，理據性建基於任意性之上。

的確，派生詞都是有理據的，但是原生詞是否必然是任意的？在詞源學的研究中，學者一直把重心放在派生詞，對於原生詞幾乎不置一喙，其原因有二。第一個理由是：學者以符號任意性為前題，認為原生詞的音義結合是任意的、偶然的，參見上文。第二個理由是：學者認為我們缺乏足夠的材料和有效的方法研究原生詞的音義關係。例如王寧先生說：

> 由於語言發生的歷史過於久遠，不要說窮盡性的測查無法進行，就連一定數量的抽樣測查和局部語料的歸納都是不可能做到的。所以，關於原生造詞理論只能是一種無法驗證的假說。我們所能知道的只是，原生詞的音義結合不能從語言內部尋找理據，它們遵循的原則一言以蔽之，即所謂"約定俗成"。[②]

的確我們很難做到完全窮盡性的調查，其一是由於文獻的消亡或未被發現，我們難以做到完全窮盡；其二是語言的發生離開文字紀錄很長的時間。可是如果我們有適當的方法，我們就有可能揭

---

① 持有上述意見的學者例如齊佩瑢：《訓詁學概論》，71 頁；李格非：〈通過訓詁四例討論音義聯繫問題〉，李格非，趙振鐸主編《漢語大字典論文集》，武漢：湖北辭書出版社，1990 年，187–198 頁；蔣紹愚：〈音義關係析論〉，《中國語文研究》，2001 年第 1 期；許威漢：〈論漢語詞彙體系〉，《古漢語研究》，1989 年第 4 期，1–7＋52 頁；嚴學宭：〈試論古訓的得失與取捨〉，《嚴學宭民族研究文集》，北京：民族出版社，1997 年，298–338 頁。

② 王寧：〈漢語詞源的探求與闡釋〉，《中國社會科學》，1995 年第 2 期，167–179 頁；又見王寧：〈關於漢語詞源研究的幾個問題〉，《古籍整理研究學刊》，2001 年第 1 期，30–35 頁。

示原生詞創造的真相的一角。我們需要把材料限制在能控制的範圍，運用適當的方法，才有可能推進原生詞音義關係的研究。

認為原生詞音義結合是偶然的學者所舉的論據有二，其一是同一聲音有不同意義，其二是同一意義可以用不同聲音表達。簡言之，即"一音表多義"和"多音表一義"。語言的確存在"一音表多義"和"多音表一義"的現象。下文我們會談為什麼"一音表多義"和"多音表一義"並不能作為否定"一音表一義"的可能的證明，以及分析"多音表一義"可能只是一種表面現象，我們運用一定的分析方法，"一音表一義"是有可能存在的。

第二節　聲母獨有某義的理論論證

2.2.1　產生聲母獨有義的可能性

我們首先要說明"聲母獨有義"的說法。"聲母獨有義"並不是說"這類聲母只有這種意義"，而是說"唯獨這類聲母有這種意義"。本文討論唇塞音聲母的獨有義，並沒有否認唇塞音聲母詞可以表示很多不同的意思，也沒有否認一種意義可以有很多不同的聲母的詞表達。一類聲母確實可以表示不同的意義，例如唇塞音聲母詞語有表示"夾輔兩旁"的"輔"、"旁"、"弼"、"柲"（矯正弓弩的器具），有表示"白色"的"驃"（白髮尾）、"顥"（髮白兒）、"皦"（白色）、"紑"（白鮮衣兒）、"白"、"芨"（白華）、"皤"（老人白）、蘩(白蒿)、販(多白眼)、辬(小兒白眼)。一種意義也可以有很多不同的聲母的詞表達，例如表示"夾輔兩旁"還有牙音聲母的"夾"、"檠"(矯正弓弩的器具)等，表示"白色"的有屬齒音聲母的"皙"（人色白）、"皚"（霜雪白），有屬牙音的

"皦"（玉石白）、"皤"（白文兒）。"一音對多義"和"一義對多音"是語音的普遍現象。

上文已經指出，"一音對多義"和"一義對多音"被用作證明音義任意性的論據。例如蔣紹愚曾撰文專門討論音義關係，他認為"'理據性'並不意味着'非任意性'。[……]'理據性'只是'相對可論證的'，理據性是在語言符號系統任意性的大前題下，存在於一部分詞的。"[1] 他有兩個論據，第一個論據是"一義對多音"：

> 有的學者說："燕、驠、騴、鰋"一組詞中，有"白"義的動物都用同樣的讀音 *ian 表示，這說明漢語中的詞是有理據的。不錯，把這一組詞放在一起看，它們確實都是有理據的；但有理據並不能否定音義間的任意性。因為上面已說到，漢語中還有另一組詞"鶴、雘、騅、㹩"是用另一個音 *ɣǎuk 來表示白色的動物。為什麼既可以用 *ian 音也可以用 *ɣǎuk 來表示白色的動物呢？為什麼不用其他的音呢？這只能有一個解釋：這是解釋。[2]

第二個論據是"一音對多義"：

> *ian 音還可以表"伏匿"義，如"匽、蝘、偃、鰋"。[……] 為什麼 *ian 音既可表"白"義，又可表"伏匿"義呢？回答也只能是：音義關係是任意的。[3]

---

① 蔣紹愚：〈音義關係析論〉，《中國語文研究》，2001 年第 1 期。
② 蔣紹愚：〈音義關係析論〉，《中國語文研究》，2001 年第 1 期。
③ 蔣紹愚：〈音義關係析論〉，《中國語文研究》，2001 年第 1 期。

　　語言事實確實如此，這是不能否認的。然而，即使存在"一音對多義"和"一義對多音"，並不能否定"一音對一義"存在的可能性。此外，像蔣先生這樣的論述很普遍，常為持音義任意說的學者所舉，可是論證當中並非沒有商榷之處。

　　首先，即使唇音聲母可以表示很多意義，很多意義可以有很多聲母表示，也不能推論出一類聲母不能沒有唯獨它才有的意義。語音和意義的對應三種可能性：

(1)　　一音對多義

(2)　　多音對一義

(3)　　一音對一義

　　上文已經談過"一音對多義"和"一義對多音"。"一音對一義"在邏輯上有存在的可能性，但是邏輯上有可能存在，並不表示實際上存在。"一音對一義"是否存在，這是一個實證的問題，我們在這裏要強調的是我們不應用"一音對多義"和"一義對多音"否定"一音對一義"的可能性。

　　在列出聲母獨有義的證明之前，我們可以先考慮有多少種可能產生聲母獨有義存在，然後再來談語言證據。至少有四種可能性可以產生聲母獨有義的結果：

　　第一個可能性：音義最初的結合可能是任意的，但此音與此義結合成詞語以後，古人不再造另一個詞表達同一個意義，因此此音與此義具獨有的關係。如果這個詞語派生新的詞語，派生詞與根詞語音相近，意義相關，根詞和派生詞形成一個詞族。由於古人不造新詞表示此義，這個詞族就出現一大批聲同義通的同源詞，但它們的根詞的音義的結合仍然可能是偶然的。

　　第二個可能性：音義最初的結合可能是任意的，一個意義有多個語音表達，形成多個同義詞，可是在語言的發展中，大部分被淘汰，只剩下一個，在這個情況下形成聲母與某義的一對一關係，故此唯獨聲母有此義。

第三個可能性：音義最初的結合可能是任意的，一個意義有多個語音表達，形成多個同義詞，可是在語言的發展中，由於語音的變化，聲母不同、意義相同的詞變成聲母相同、音義相同，在這個情況下存在聲母獨有某義的可能性。

第四個可能性：音義最初的結合可能是非任意的，古人有意選擇這類聲母表示這種意義，因此出現聲母獨有某義。

聲母獨有義的存在有這四種可能性。請注意，即使我們證明了聲母獨有某義，並不等於證明了此聲母與此義的結合是非任意的，我們需要考慮上述的第一、二、三種可能都能出現聲母獨有某義，但是音義最初的結合可能是任意的。因此，我們不能從聲母獨有某義直接作出聲義非任意結合的結論。然而，探討聲母的獨有義，能夠為我們提供探討第四個可能性的缺口，為研究聲義結合並非任意的可能性帶來新的思考角度。

2.2.2　證明聲母獨有義的方法

(1) 通過分析詞義破除"多音表一義"的表面現象

"一音對多義"與"一音表一義"並不互相矛盾，因為說聲母獨有某義，並沒有否定此聲母還能表其他意義。

"多音對一義"則是表面上與"一音對一義"互相矛盾，其實關鍵在於對"多音"和"一義"的理解。"多音表一義"可能只是表面的現象，並非其本質。有兩個可能會產生這種表面現象：

　　第一個可能，此義原來是用一類聲音表示，後來這類聲音演變為其他類的聲音。比如假設"白色"義原來是用唇音表示的，語音演變使唇音轉為舌音、齒音、牙音，最後看起來是多音表一義，但原始的時候是一音表一義的。然而這個可能性我們是很難證實的，因為我們並不知道詞語原始時的語音，遑論其語音演變。

　　第二個可能，"一義"是可以分析為多個區別特徵，於是多音表一義的實質是多音表多個區別特徵。多音表多特徵有兩個可能的關係，其一是音義有任意的對應性，其二是音義有單一的對應性。下圖說明了多音表多義的音義對應組合的可能性：

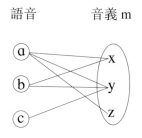

　　上圖的音義關係包含了三種組合。其一，一音表多義素，如語音 a 表示義素 x、y、z。其二，多音表一義素，如語音 a、b 同表義素 x。其三，一音表一義素，如語音 c 只表示義素 y，義素 z 只用語音 a 表示。第一種組合和第二種組合支持音義任意的說法，但是第三種組合顯示了一音表一義的可能性。如果單看意義 m 和語音 a、b、c 的關係，的確是多音表一義，音義沒有獨有的聯繫。但是把意義 m 分析出區別特徵 x、y、z 後，就出現了一音表一義的可能性。因此，單拿一音對多義和一義對多音的現象來否定一音對一義的可能性不一定是成立的，關鍵在於利用適當的方法找出一音對一義的可能性，過去學者並沒有考慮這種可能性。

　　我們討論聲母獨有義，需要把握兩個因素，一是聲母，二是詞義。本文討論唇塞音聲母，提出的例證需要確保詞語的聲母是唇塞音，如果跟其他聲母有關係，譬如音變，我們需要確定唇塞音是變化前的讀音。第二，我們需要精細地分析詞義。如果的確存在聲母獨有義，但是由於此義跟其他相近的意義混淆，我們就只看到一種意義有多類聲母的詞表達，我們還是無法確定聲母的獨有義。因此，分析詞義是確定聲母獨有義的重要工作。

(2) 詞源學對詞義分析的作用

　　詞源學的主要工作是幫助我們尋求詞語得名的理由。詞語得名的理由被稱為"理據"[1]、"內部形式"[2]、"名義"[3]、"詞源意義"[4]，指被用作命名依據的事物的特徵在詞裏的表現形式，也就是以某種語音表示某種意義的理由根據。

　　不同的事物有相同的特徵，實被施以一名，形式"同名異實"。詞源學大多關注同名異實的現象，例如"犦"（牛黃白色）、"縹"（帛青白色）、"驃"（黃馬發白色；白髦尾）、"顥"（髮白貌）、"漂"（使變白）、"醥"（酒清），都讀唇塞音聲母，韻部都屬宵部，核心意義是"白色"。它們表示不同範疇的白，但是具有相同的語音形式，因為這種語音形式與"白色"連繫在一起。不同的事物

---

[1]　王艾錄、司富珍：《語言理據研究》，北京：中國社會科學出版社，2002 年。

[2]　張永言：〈關於詞的"內部形式"〉，《語言研究》，1981 年（創刊號），9–15 頁。

[3]　馮勝利：〈詞的"名義"與大型語文辭典編纂〉。

[4]　王寧、黃易青：〈"詞源意義"與"詞彙意義"論析〉，《北京師範大學學報》，2002 第 4 期，90–98 頁。

具有相同的特徵，則仍以一名稱呼。

　　另一種現象是"同實異名"。早在荀子討論名和實的關係時已經注意到"物有同狀而異所者，有異狀而同所者"。晉代的郭璞也指出"同實而殊號"的現象。① 章太炎概括為"異狀同所"，"所"是指稱的物體，"狀"是物體的特徵。段玉裁也談過"一物異名"的現象。《說文》："犬，狗之有縣蹏者也。"段注云：：

> 　　有縣蹏謂之"犬"，叩氣吠謂之"狗"皆於音得義。此與後蹏廢謂之"麤"，三毛聚居謂之"豬"，竭尾謂之"豕"，同明一物異名之所由也。《莊子》曰："狗非犬。"司馬彪曰："同實異名。"夫異名必由實異，君子必貴游藝也。②

　　段玉裁用了"音"、"義"、"名"、"物"、"實"五個概念解釋一物異名的現象。按照一般的理解，"實"是指實際的事物。但司馬彪說"同實異名"，而段玉裁說"異名必由實異"，段玉裁所說的"實"應當是不同的概念。我認為"物"是事物，但事物可以有不同特徵，這就是"實異"。"實異"的事物從不同的特徵命名，如"犬"有縣蹏，故"犬"*khyua 取"縣"*yuan 的"音"而得其"義"；"狗"叩氣吠，故"狗"*ko 取"叩"*kho 的"音"而得其"義"，於是有不同的"名"。這就是產生一物異名的原由。事物或現象有不同的特徵，命名時選擇其中一種特徵，名稱的根據可能有所不同。③

---

① 郭璞《爾雅序》說："夫《爾雅》者，所以通詁訓之指歸，敘詩人之興詠，總絕代之離詞，辯同實而殊號者也。"
② 段玉裁：《說文解字注》，473 頁。
③ 張永言：〈關於詞的"內部形式"〉，《語言研究》，1981 年（創刊號），9–15 頁。
　　符維達：〈"同義"與"同指"〉，《修辭學習》，1988 年第 5 期，26–29 頁。

蘇寶榮指出：

> 語言中的詞是表達概念的，但詞義與概念又是不能等
> 同的。概念是説明對象的實質並把人們對它的全部認識確
> 定下來；而詞義並不是把人們關於對象的全部認識一覽無
> 餘地總括起來，只是使人們把一些對象和另一些對象區別
> 開來。①

因此他區分了"所指義"和"隱含義"。"所指義"是詞直接
指識的意義，"隱含義"是詞所表示的某一對象區別於其他對象
的特徵，是詞高度抽象、升華後所體現出來的意義。② 例如《廣
雅・釋詁三》："刉、剴，屠也。"王念孫認為"凡與刉、剴二字
聲相近，皆空中之意也。"③ "屠"是"刉"、"剴"的所指義，"空
中"則是隱含義。

蘇寶榮指出概念和詞義不等同，概念是對象的實質，詞義則
是把對象區別開來。因此，我們如果是分析詞義，就不能看對象
的實質，而要看這個詞的區別性特徵。例如《説文》"淅"字段
注："凡釋米、淅米、漬米、汏米、𠉂米、淘米、洮米、漉米，
異稱而同事。"異稱而同事"即是實質行為"洗米"是相同的，但
用了不同的詞來指稱。不同的指稱反映了不同的區別性特徵，例
如"瀟"得名於"柬"，即揀選要的東西；"釋"與"捨"同源，④
即捨棄不要的東西。考察詞語的語源正可幫助我們了解詞義的區

---

① 蘇寶榮：〈詞的表層"所指義"與深層"隱含義"〉，原載《河北師範大學學報》
　　1987 年第 2 期，收入蘇寶榮：《詞彙學與辭書學研究》，41 頁。
② 蘇寶榮：〈詞的表層"所指義"與深層"隱含義"〉，42 頁。
③ 王念孫：《廣雅疏證》，75 頁。
④ 王力：《同源字典》，164 頁。

別性特徵。陸宗達、王寧兩位指出："繫聯同源詞，能夠顯示詞義的特點，因而可以比較同義詞的意義差別。"① 馮勝利先生指出："古代漢語中，許多意義相近的詞，它們借以區別的特殊標誌，往往就在於名義的不同。忽視了名義不啻混淆了它們在詞義上的重大差別。"② 我們通過分析詞語的得義之由，從源頭上把握住詞語的不同源頭，就能分辨異源同流的詞語的意義差別。詞源學有助我們把握詞語的區別性特徵上，從而找出聲母獨有義。

2.2.3 證明聲母獨有義可能存在的證據

本文將在第四章將列出唇塞音獨有義的證明，所涉及的意義包括"分解"義和"跌倒"義。

我們又分析了聲母不同但同具"分解"義的詞語，總共十五個詞語，聲母分佈在唇音、喉音、牙音、舌音和齒音，包括唇音的"判"、"別"、"分"、"剖"、"副"、"擘"，喉音的"㧑"，牙音的"解"、"剞"、"割"，舌音的"斷"、"列"、"裂"，齒音的"斯"、"析"。這些詞語在古代訓詁和組合成複合詞中出現互相混淆的情況。根據我們的分析，唇音聲母詞獨有"中分為半"的意義。學者曾經對這些詞語的一部分進行過詞義辨析，但是當中有的辨析是非唇音聲母的詞語也有"中分為半"義。為了把唇音的分解義和非唇音的分解義區別開來，我們通過詞義、詞源和句法三方面，分析這些詞語的語義特徵，然後相互比較，發現只有唇音聲母詞獨有"中分為半"的語義特徵。

---

① 陸宗達、王寧：〈同源詞與古代文獻閱讀〉，《訓詁與訓詁學》，461 頁。

② 馮勝利：〈詞的"名義"與大型語文辭典編纂〉，《辭書研究》，1985 年第 2 期，54–62 頁。

我們分析了聲母不同但同具"跌倒"義的詞語，總共十五個
詞語，聲母分佈在唇音、喉音、牙音、舌音和齒音，這些詞語在
古代訓詁和組合成複合詞中出現互相混淆的情況。有學者曾經對
其中一部分的詞語進行過同義詞辨析的工作，但是他們並沒有注
意到"唇音——跌倒義"詞語共有的語義特徵。我們通過詞義、
詞源和句法三方面，分析這十五個詞語的語義特徵，得出的結論
是唇塞音聲母的詞語獨有"覆倒在目標"的語義特徵。

　　憑藉詞義的辨析與比較，我們發現聲母獨有義的確有可能存
在。當然，由於材料上的局限和古代方言的複雜性，有人會質疑
本文所提出的結論。誠然可以根據的材料是有限的，方言的混雜
也讓我們認識到上古漢語的複雜性。然而，本文所列出的證據已
經是我們所掌握的材料和方法裏得出的最有可能的結果，至於不
確定的地方，就有待將來發現更多的材料和發明更好的方法再作
進一步的研究。

2.2.4　聲母獨有義的本質

　　我們證明了聲母獨有義的確存在，那麼它的本質是什麼？一
類聲母獨有某義只是一種語言現象，什麼理由使它存在，這種現
象反映了音義關係的什麼類型，是一個值得深思的問題。我認
為，聲母獨有義的本質有四種可能：

　　第一種可能，聲母獨有某義可能是偶然的，此音和此義最初
並不一定有必然關聯。人們想要指稱某種事物，於是發出某種語
音來表達，形成了一個詞語，但是這個詞語的意義並沒有驅使人
們要選擇什麼語音，這個詞語的音義結合是任意的。一旦人們選
擇以此音表此義，不再創造另一音表此義，則獨有此音表此義。

這種情況又要分為三種可能：一種可能是，人們創造了一個音節表示某種意義，然後在這個詞上，由於聯想或者模擬派生新詞。另一種可能是，此音的最初形式可能聲母是固定的，但是韻母不一定是固定的。另一種可能是像蒲立本所說，原始漢語是單輔音的，後來加上不同的韻母來區別意義。

第二種可能，聲母獨有某義可能是出於語音的模仿，以此音模仿事物產生的聲響。事物產生的聲響有固定的性質，語音盡量近似地模擬聲響，因此人們以固定的語音要素模仿聲響。人們以事物或者動作產生的聲響指稱這種事物或者動作，則產生聲母獨有某義。例如"唇音——跌倒義"詞語獨有"覆倒在目標"義，可能是出於語音的模仿。

第三種可能，聲母獨有某義可能是出於以發音形態模仿動作。湯炳正提出了"容態語"的名稱，指"發音時由唇舌所進行的空間運動以展示事物之形態"。[1] 例如他認為雙唇能閉合，因此唇音多表示"閉合"。"唇音——剖分義"詞語獨有"中分為兩部分"義，可能是出於模擬唇音發音的方式。

第四種可能，聲母獨有某義可能是以語音象徵意義。這又分為兩種可能，一種可能是以聲音的音響象徵意義，另一種可能是以聲音的發音方式象徵意義。例如 Schuessler 觀察到"表示'中空'的詞語[的聲母]一般是送氣的，這也是聲音象徵的效果。"例如"穹、炊、坑、空、孔、口、竅、匡、奎、殼、竅、糠"等。[2]

① 　湯炳正：〈語言起源之商榷〉，收於湯炳正：《語言之起源》，台北：貫雅文化事業有限公司，民國 79 [1990]，1–35 頁。

② 　Schuessler, A., *ABC Etymological Dictionary of Old Chinese*, pp. 61.

　　總之，聲母獨有某義只是一種語言現象，其本質可以有不同的可能性，我們不能一概而論。我們所知道的很有限，到底聲母獨有義的本質是哪一種可能是一個謎，因此現階段我們只集中論證聲母獨有義實際上是否存在。

第三節　小結

　　語音和意義的關係是一個爭論不休的課題。過去人們普遍認為音義是任意結合的。越來越多的研究發現音義之間可能有一定的聯繫，例如語音象徵的研究發現了語言中許多有趣的現象。

　　有學者曾經觀察到漢語中有一批詞聲母相同意義相近，因而認為聲母是表義的。然而，他們的研究尚有不足之處。我們在前人的研究上，提出研究聲母獨有義。有人可能會拿音義任意性的原則來否定，但我們論說了聲母獨有義與音義任意說不一定互相矛盾。其次，我們論證了聲母獨有義在理論上是可能存在的，並且從對語言的分析提供了證據。過去的研究只局限於研究派生詞的音義關係，而認為原生詞的音義關係是任意的。本文提出聲母獨有義，希望能為過去的研究打開一個缺口，從一個新的角度探求詞語的音義關係。

第三章　分析聲母獨有義的方法

　　根據古訓解釋詞義，是研究古代文獻語言的重要方法之一。我們可以通過查閱字典、辭書和古書的註釋，了解一個詞語的意義。最常見的訓詁方式是互訓，即用意義和用法相同或者相近的兩個或兩個以上的詞相互解釋。然而，互訓只是在某些語言環境中可以相互解釋，有時不能認為是絕對的同義詞。因此，在應用互訓的時候，必須精確地去辨析：這些詞在哪些語言環境裏可以互訓，在哪些語言環境裏不能互訓。[1] 我們不能認為凡是"某，某也"的方式都可以互訓。[2]

　　除了辨析詞語的意義，了解互訓的詞的差別，我們還需要了解意義有差異的詞語如何在互訓的方式中給混淆了。由於訓詁的混淆，如果不加以鑒別訓詁的混淆和分析詞義，就看不出近義詞的詞義差別，因而不存在聲母獨有義。例如《說文》："解，判也。"《廣雅・釋詁一》："析，分也。"若以為這些互訓的都是同義詞，"解"、"析"的聲母都不是唇音，那麼我們就找不出唇音的"判"和"分"獨有的意義。因此，鑒別訓詁的混淆和分析詞義，是我們探求唇塞音聲母獨有義的重要方法。

---

①　陸宗達：《訓詁淺談》，北京：北京出版社，1964 年，13–16 頁。
②　洪誠：《訓詁學》，江蘇：江蘇古籍出版社，1984 年，179 頁。

第一節 鑒別訓詁的混淆

3.1.1 區別概括意義和具體意義

有時候訓釋詞和被訓詞只是在概括意義上相同，但是各自的具體意義則各有側重。例如《説文》："漂，浮也。"段注："謂浮於水也。""漂"和"浮"在概括意義"附在水面"上意義和用法相同，但從各自的語源上看，二詞的具體意義並不相同。蔣紹愚認為"漂"的同源詞有"僄"（輕）、"嘌"（疾）、"趬"（輕行）"旚"（旌旗旚繇）、"飄"（回風），均有"輕疾"之義；而"浮"的同源詞有"稃"（米外皮）、"桴"（木皮）、"郛"（外城）、"莩"（葭裏白皮），均有"外皮"和"附着"義。"漂"是就輕而行於水上而言，"浮"是就附於水面而言。在表示漂於水上時，"漂"可換成"浮"，但當漂於空中時，如《鄭風·蘀兮》："蘀兮蘀兮，風其漂汝。"這時就不能把"漂"換為"浮"。[1]

"漂"和"浮"在一定語境下可以互換，但在另一環境下則有區別。《説文》以"浮"來訓釋"漂"，是在"附在水面"的概括意義上訓釋，但是具體來説，二詞表達了不同性質的漂浮。因此，僅根據訓詁的互訓所解釋的概括意義，而不考慮二詞的具體意義，就會把不同的詞義混淆起來了。

3.1.2 區別所指義與指稱意

我們在 2.3.2 中談過"同實異名"。蘇寶榮提出了"所指義"和"隱含義"的區分，我們用一個更明確的説法，提出"所指義"

---

[1] 蔣紹愚：《古漢語詞彙綱要》，183 頁。

和“指稱意”的區分。“所指義”是詞語所指的概念，表示了事物的實質；“指稱意”是人從什麼角度、選取什麼區別性特徵來指稱這個概念。我們要找出詞語的指稱意，即找出其區別性特徵，觀察是否有一類聲母獨有一類區別性特徵，那麼才有可能找出聲母獨有義。

我們舉一個例子説明。例如“樹枝端末”可以用五個詞語來表示，即唇塞音的“標”、“棒”，唇鼻音的“杪”，齒音的“梢”，舌音的“槙”。古人的訓詁證明了這五個詞同義。《説文》：“標，木杪末也。”“杪，木標木也。”《廣雅・釋詁一》：“棒，末也。”《考聲》：“梢，木末也。”《玉篇》：“槙，樹梢也。”這些詞語都是指“樹梢”，而且在訓詁上也互相混淆。其次，它們各自有繫聯了一批表示“端末”義的同源詞：

1. 標：鏢(刀削末銅)、幖(頭上幟)、薸(艸末)、褾(衣袖端)、嫖(峰頭)
2. 棒：峯(山耑)、鋒(兵耑)、莑(草芽始生)
3. 杪：秒(禾芒)
4. 梢：稍(苗末)、梢(木末)、艄(船尾)、鞘(鞘頭細皮條)、髾(髮尾)、弰(弓末)、旓(旌旗的飄帶)
5. 槙：顛(頭頂)、巔(山頂)、天(頭頂)、頂(頭頂)、題(額頭)、顛(額頭)

“標、棒、杪、梢、槙”這五個詞不但同指一物，而且在訓詁上互相訓釋，還繫聯了一大批表示“端末”義的同源詞，這五個詞似乎沒有分別。然而根據我們的分析，它們的名義實不相同，由於從不同的角度選取事物的特徵，用以表達的語音形式也不相同。

　　“標”的特徵是“向外凸出”。從引申義分析，“標”的引申義有“標識”、“顯露”，如《文選‧郭璞〈江賦〉》：“標之以翠蘙。”李善注：“標，猶表識也。”“標識”、“顯露”即把事物放到最上或最外。其次，“標”的同源詞有“向外凸出”、“物件的最外層”的核心意義，如“膘”（小腹兩邊凸出的肉）、[1]“鑣”（馬銜兩端露出嘴外的部分）、[2]“表”（外衣）[3]。這些詞語的核心意義是“向外凸出”、“外面”，可知“標”取意於“向外露出”。

　　“桻”的特徵是“尖銳”。“桻”的同源詞有“峰”、“鏠”、“蠭”，聲母都是唇塞音，東部疊韻，都有“尖銳”的意思。“峰”是高山尖銳的部分，《一切經音義》卷十二：“山高而銳曰峰。”“鏠”是兵器的尖端。《説文》：“鏠，兵耑也。”段注：“凡金器之尖曰鏠。”《荀子‧議兵》：“兑則若莫邪之利鋒，當之者

---

① 《小雅‧車攻》“大庖不盈”傳：“自左膘而射之，達於右腢為上殺。”《釋文》引《三蒼》：“膘，小腹兩邊肉也。”

② 《説文》：“鑣，馬銜也。”段注：“馬銜橫毌口中，其兩耑外出者繫以鑾鈴。”馬鑣最突出的特徵是“露出外面”，這可從“櫱”加以比較證明。《爾雅‧釋器》：“鑣謂之钀。”郭璞注：“馬勒旁鐵。”“钀”與“櫱”，“櫱”是樹木砍伐後長出的新芽。“櫱”又作“蘖”，“蘖”與“虈”、“孽”是同源詞。《説文》：“虈，牙米也。”段注：“芽米謂之虈，猶伐木餘謂之蘖，庶子謂之孽也。”（又參《廣雅‧釋詁一》“蘖，始也”廣雅疏證。）馬景侖解釋：“‘虈’為‘芽米’，芽葉卑小斜生；‘蘖’為‘伐木餘’，指樹木砍去後，重生的旁出枝條；‘孽’為‘庶子’，指非嫡妻所生之子。〔……〕‘虈、蘖、孽’三字義通，均有‘卑小旁生’之義。”（馬景侖：《段注訓詁研究》，71 頁。）“虈”、“蘖”、“孽”皆取“旁生”之義，可知“钀”當是取意於“從旁邊出來”。由此可知二事：其一，可證古人認為馬鑣的特徵是“露出”，“鑣”取意於“向外凸出”應也符合古人對馬鑣的特徵的認識，是“钀”與“鑣”義有相同。其二，“钀”側重在“旁出”，“鑣”側重在“向外顯露”，是“钀”與“鑣”義有不同。

③ 《説文》：“表，上衣也。”《急就篇》：“袍襦表裏曲領帬。”顏師古注：“衣外曰表，內曰裏。”

潰。""鋒"與"鏠"是同一詞的異體字。"蠭"即是"蜂",其尾有尖刺,《説文》:"蠭,飛蟲螫人者。"《埤雅》:"蜂,其毒在尾,垂如鋒,故謂之蜂也。"可知"桻"取意於"尖鋭",與"標"的取意不同。

"杪"的特徵是"細小"。"杪"既指樹梢,又指細小的樹枝。《方言》:"杪,小也。木細枝謂之杪。""杪"又引申指"細小",漢馮衍《自論》:"闊略杪小之禮。""杪"取意於"細小",其同源詞可以為證:"秒"(禾芒)、①"眇"(小眼睛)、②"莇"(細草)、③"筊"(小管)的管樂器,④這些詞語都有"細小"的意思,可知表示樹梢的"杪"取意於"細小"。

"梢"取意於"逐漸變小"有同源詞為證:"稍"(出物有漸)、⑤"摲"(逐漸變小)、⑥"消"(水漸少)、"銷"(金漸小)、"削"(使東西逐漸變小),這些詞語都有"逐漸變小"的意思。"梢"又指小柴,《淮南子・兵略訓》:"曳梢肆柴。"高誘注:"梢,小柴也。"《廣雅・釋木》"稍,柴也"王念孫:"稍之為言稍稍然小也。""杪"、"梢"各自都能指"樹梢"和"細小的木枝",兩者可以比較互證。表示樹梢的"杪"取意於"細小",表示樹梢的"梢"取意於"逐漸變小",兩者有相同的義素"細小"。樹梢是樹

---

① 《説文》:"秒,禾芒也。"引申為"微細",《孫子算術》:"蠶所生吐絲為忽,十忽為秒,十秒為毫。"

② 《淮南子・説山訓》:"小馬大目,不可謂大馬;大馬之目眇,可謂之眇馬。"

③ 《玉篇》:"莇,小草細也。"

④ 《説文》:"小管謂之筊。"

⑤ 《説文》:"稍,出物有漸也。"

⑥ 《周禮・考工記・輪人》:"欲其摲爾而纖也"鄭玄注:"摲、纖,殺小貌也。""殺小"即"漸小"的意思,疏云:"凡輻皆向轂處大,向牙處小。言摲纖,據向牙處小而言也。"

枝從樹幹延伸逐漸收窄的盡頭。

　　"槙"取意於"頂端"有同源詞為證："顛、天、頂"(頭頂)[①]、
"題"、"頟"(額頭)"，[②] 這些詞語都有"頂端"的意思，可知"槙"
是從"頂端"專指"樹枝的頂端"。

　　上文分析了"標"、"桙"、"杪"、"梢"、"槙"各自的指稱
意，五個詞語的所指義相同，但指稱意各有不同。現在我們比較
這五個詞語，較其異同。

　　首先，上文都把這五個詞看作表示"樹枝的端末"，其實"頂
端"和"末尾"只是在某些語境下同指，即使同指也不同義。"頂
端"和"末尾"都是指物件的終端，但是"頂端"是物件開始的
終端，"末尾"是物件結束的終端，兩者的觀察角度是不同的。
我們要區分"標"、"桙"、"杪"、"梢"、"槙"哪個屬頂端義，哪
個屬末尾義。

　　先看這五個詞有沒有表示"頂端"的意思的。只有"標"有
直接表示"頂端"之義，《楚辭・九章・悲回風》："上高巖之峭
岸兮，處雌蜺之標顛。"由於"桙"、"槙"、"杪"、"梢"都沒有
直接表示"頂端"的用例，我們從它們有沒有表示"山頂"的同
源詞來推測它們是否表示"頂端"。山頂是山的頂端，不能看作山
的末尾，證明是文獻中並沒有使用過"山末"、"山尾"等詞組表
示"山頂"的意思。如果表示"樹梢"的詞有同源詞表示"山頂"，
這類"樹梢"應該看作樹枝的頂端，而非樹枝的末尾；如果表示
"樹梢"的詞其取意於"末尾"，則預期它不能派生詞語表示"山

---

① 　《說文》："頂，顛也。""顛，頂也。""天，顛也。"
② 　《爾雅・釋言》："頟，題也。"郭璞注："題，額也。"

頂"。"標"有同源詞"嶵",①"桻"有同源詞"峰","槙"有同源詞"巔",都是表示"山頂",但是"杪"、"梢"並沒有同源詞表示"山頂"。由此推論"標"、"槙"、"桻"應該都具"頂端"之義,"杪"、"梢"則不具"頂端"義。

再看這五個詞有沒有表示"末尾"的意思的。只有"杪"和"梢"表示"末尾"的意思。"杪"指"末尾",多指時間的末尾,例如《禮記・王制》:"冢宰制國用,必於歲之杪。"鄭玄注:"杪,末也。""歲之杪"是一年的末尾。《楚辭・九辯》:"靚杪秋之遙夜兮,心繚悷而有哀。""杪秋"是晚秋,即秋天的末尾。

"梢"也表示"末尾"的意思,例如《文選・顏延之〈赭白馬賦〉》:"徒觀其附筋樹骨,垂梢植髮。"李善注:"梢,尾之垂者。"比較晚的文獻也有"梢"是"末尾"的,例如《宋史・宋琪傳》:"陣梢不可輕動,蓋防橫騎奔衝。""陣梢"指兵陣的末尾。"梢"又指船尾,例如慧琳《一切經音義》卷二十四"持梢尾"注引《考聲》:"梢,船尾也。""梢"的同源詞"旓"指旌旗的飄帶,又指末端分叉的飄帶,如《前書・揚雄傳》:"建光耀之長旓。"顏師古注:"旓,旗之旒也。一曰燕尾。"燕尾之"旓"字亦作"髾",《文選・司馬相如〈子虛賦〉》:"蜚襳垂髾。"李善注引司馬彪曰:"髾,燕尾也。"

綜合"杪"和"梢"各自的詞義或同源詞,可知二詞皆有"末尾"的意思。相反,"標"、"桻"、"槙"以及它們各自的同源詞

---

① "嶵"指山巔,《文選・郭璞〈江賦〉》:"驪虯摎其址,梢雲冠其嶵。"李善注:"嶵,山巔也。"

都沒有表示"末尾"的意思。[①]

　　"標"、"桙"、"槙"、"杪"、"梢"在引申義和同源義上形成互補分佈的兩組詞語，兩組的意義不同，見下表：

	標	桙	槙	杪	梢
表示"頂端"	+	－	－	－	－
有表示"山頂"的同源詞	+	+	+	－	－
表示"物體的末尾"	－	－	－	－	+
表示"時間的末尾"	－	－	－	+	+

　　"標"、"桙"、"槙"具"頂端"義，"杪"、"梢"具"末尾"義。這個分佈也跟"杪"、"梢"有"小"義，但"標"、"桙"、"槙"沒有"小"義的分佈一致，兩者有相互關係。

　　總結以上分析，我們把"標"、"桙"、"槙"、"杪"、"梢"的特徵分析如下：

---

① 我們找到了一個例外。《漢書·谷永傳》："元延元年，為北地太守。時災異尤數，永當之官，上使衛尉淳于長受永所欲言。永對曰：……陛下承八世之功業，當陽數之標季，涉三七之節紀，遭无妄之卦運，直百六之災阸。""標季"顏師古註釋："孟康曰：'陽九之末季也。'"這裏"標"表示"末尾"的意思。然而我們也找到"杪季"的用法，《抱朴子·用刑》："[秦]降至杪季，驕於得意。"《吳失》："吳之杪季，殊代同疾。""標"表示"末尾"有兩個可能性：第一，"標季"可能是受"杪季"的影響而產生的，"標"和"杪"的所指都是"樹梢"，二詞有可能被看作同義詞而互相替換。第二，"標"與"季"結合為複音詞時並不考慮"標"是表示"頂端"還是"末尾"，而只是取"終端"的意思。雖然"標"在"標季"中表示"末尾"，然而"標"既沒有單用表示"末尾"的，也沒有作修飾語組成如"＊標秋"等的用法，可見"標"單用並不表示"末尾"，而只有與"季"連用才表示"末尾"，複音詞的組成可能對其組成的語素的意義有一定的影響。

		結構的位置		特徵		
		[頂端]	[末尾]	[向外凸出]	[尖銳]	[細小]
標	piô	+	−	+	−	−
標	phioŋ	+	−	−	+	−
槙	tyen	+	−	−	−	−
杪	miô	−	+	−	−	+
梢	ʃeô	−	+	−	−	+

　　我們從上表可以總結兩點。第一，這五個詞雖然同指"樹枝末端"，但各自的指稱意實有不同。第二，"標"、"杪"、"梢"都是宵部字，① 不同的是聲紐不同，"標"讀 p-，"杪"讀 m-，"梢"讀 ʃ-。"杪"和"梢"同具"末尾"和"細小"兩個特徵，意義相同，但只有"標"具"向外凸出"特徵。因此，我們發現了在指稱"樹梢"的詞語中聲母 p- 獨有"向外凸出"的意義。這說明了如果單從詞語的所指看，"標"、"標"、"槙"、"杪"、"梢"的意義沒有分別；但是從它們各自的指稱意看，只有"標"有"向外凸出的意義。當然，唇塞音聲母是否獨有"向外凸出"義還需要進一步分析，但這個例子說明了不區別所指義和指稱意，我們就無法分析出獨有的意義。②

　　由此可見，區別詞語的所指和名義，有助使在訓詁上的互相

---

①　"杪"、"梢"介音有別，由於這裏我們專門談聲母，暫時忽略介音的不同。

②　此外，王力認為"標"和"杪"是同源詞，幫明旁紐，宵部疊韻。（王力：《同源字典》，224 頁。）但根據上文的分析，"標"和"杪"的指稱意並不相同，因此不應看作是同源詞。它們只是所指相同，聲音上偶然的接近。不區別所指義和指稱意，我們就會把不是同源的詞語判斷為同源詞。

混淆區別開來，在這個基礎上我們才有可能分析出聲母的獨有義。其次，對詞語的指稱意的分析應該要得到實際使用的驗證，指稱意分析和詞語使用義互相參驗，以確定詞語的具體意義，找出表面上同義的詞語之間的細微差別。

第二節　分析詞義的方法

要找出聲母獨有義，其中一項工作是把表面上同義的詞語加以辨析各自的區別性特徵，再觀察不同的特徵是否與聲母相互聯繫。因此，我們需要了解辨析同義詞的一些方法。陸宗達、王寧先生基於古漢語的同義詞的辨析，提出了三種同義詞的比較方法：第一種是推源法，即推出本義和根詞，然後比較它們的詞義特點。第二種是置換法，即考察兩個以上的同義詞在哪些地方可以互訓或互換，在哪些地方不可以，以確定它們意義的同異。第三種是對舉法，即考察它們不同的反義詞來較其異。[①] 這三種比較方法概括了許多其他不同的方法，可以作為同義詞比較方法的總綱。此外，洪成玉(1985)[②]、黃金貴(2002)[③]、蘇新春(2008)[④] 等對詞義辨析提出了比較全面的總結。下文我們只介紹有助我們找出聲母獨有義的四種詞義分析的方法。

3.2.1　本義分析法

本義是指詞的本來意義，是與引申義相對而言的。所謂推求

---

① 陸宗達、王寧：〈談古代文獻詞義的探求〉，《訓詁與訓詁學》，150 頁。
② 洪成玉：《古漢語詞義分析》，天津：天津人民出版社，1985 年。
③ 黃金貴：《古漢語同義詞辨釋論》，上海：上海古籍出版社，2002 年。
④ 蘇新春：《漢語詞義學》，北京：外語教學與研究出版社，2008 年。

本義，即"用多義詞的本義來貫通引申義"。[①] 本義分析法的原理基礎是認為詞語的意義是有系統的，詞義系統的每個部分是有組織地聯繫起來的，一個詞語的某一意義是詞義系統的一部分，因此我們通過詞義系統可以考究詞語的具體意義，從而辨析同義詞的差異。

　　舉一個例子說明通過推求本義的差異辨析同義詞。例如"樸"和"素"在"質樸"的意義上相同，故二詞對文同義，《老子》："見素抱樸，少私寡欲。"二詞互訓。《說文》："樸，木素也。""磺，銅鐵樸石也"段玉裁注："樸，木素也。因以為凡素之偁。"《呂覽‧知度》："不雕其素。"高誘注："素，樸也。"二詞也組合成並列複合詞"樸素"。可見"樸"和"素"是一對同義詞。不過，如果推求二詞的本義，可知"樸"和"素"表面上的同義只是概括意義上相同，但具體意義並不相同。"樸"本指未加工的木材，如《老子》："樸散則為器。""素"本指未經漂練的白色絲帛，《說文》："素，白緻繒也。"由於二詞本義不同，其在"質樸"的意義上的引申義也有差別。"樸"側重於表示保持原始狀態，與巧詐相對，如《老子》："我無欲，而民自樸。""素"則側重於表示保留事物原色，與虛飾相對，如《淮南子‧本經訓》："其心愉而不偽，其事素而不飾。"[②] 通過推求同義詞各自的本義，可以辨析同義詞在具體意義上的差異。

3.2.2 詞源義分析法

　　同源詞指有同一語源的詞，這些詞語音相同或相通，意義相

---

①　陸宗達、王寧：〈談古代文獻詞義的探求〉，《訓詁與訓詁學》，144 頁。

②　王鳳陽：《古辭辨》，954 頁；黃金貴：《古漢語同義詞辨釋論》，364 頁。

同或相通。同源詞分析法包括了兩種方法：其一，在明確詞語源流的情況下，我們可以推求根詞，即"用同源詞的根詞來貫通派生詞"。[1] 根詞指同一詞族的詞的源頭，是與派生詞相對而言的。其二，在不明確詞語源流的情況下，我們只能歸納同源詞的核心意義，以找出詞語得義的理據，了解詞語意義的特點。

以同源詞分析法辨析同義詞的理論基礎是詞的意義不等於概念，也不等於指稱的對象，而是由語言創造者的心理、歷史和文化決定的。[2] 同義詞可能在概念或者指稱上相同，但是得義之由並不相同。同源詞分析法有助我們從詞語的根本上掌握詞義的特點。根據意義在源和流上的同異，我們可以得出同義詞有四種情況：

其一，同源同流。例如"把"和"秉"都指"握持物體的柄"的意思，幫母雙聲，魚陽對轉，是同源詞。"把"和"秉"又共同引申為"物體的柄"的意思。

其二，同源異流。例如"皮"是物體的外皮，派生出披覆義的"披"，又派生出剝皮義的"皮"。披覆義的"披"派生出"鞁"（車駕具）、"賦"（給予）等詞，剝皮義的"皮"派生出"詖"（辯論）、"破"（石碎）等詞，形成了兩條不同的引申系列，但源頭相同。

其三，異源同流。例如"庖"和"廚"都是指廚房，又共同轉指廚師。但二詞的語源並不相同，"庖"源於"炮"，是從烹飪方式得名；"廚"源於"儲"，是從儲藏食物得名。[3] "庖"和"廚"

---

① 陸宗達、王寧：〈談古代文獻詞義的探求〉，《訓詁與訓詁學》，144頁。
② 此說參考了陸宗達、王寧所說"詞的意義不等於邏輯的概念，它含有由本民族的共同生活所決定的具體內容。"陸宗達、王寧：〈談古代文獻詞義的探求〉，《訓詁與訓詁學》，146頁。
③ "廚"與"櫥"（櫃子）、"幬"（幬帳）同源，皆有儲藏之義。

義同而源異。

其四，異源異流。例如"把"和"握"在"用手拿東西"的概括意義上相同。《説文》："把，握也。"但二詞的具體意義有差別。"把"是握住物體的柄，具體意義是攥住東西，句法上一定要有賓語；"握"是收攏五指，具體意義是把東西攥在手裏，句法上則不一定要有賓語。[①] 而"把"的詞源是"秉"，本義是執持禾把；[②]"握"與"幄"、"屋"同源，義源是上下四旁佈開。[③] 可見"把"與"握"義異源別。

本文會着重於分析異源同流和異源異流的情況，以辨別同義詞是在哪一種情況有差異。

3.2.3 引申義分析法

引申義是指從本義延伸出來的意義。洪成玉認為"同義詞由於它們的本義有着細微的差別，它們的引申義也必然會產生相應的差別。一般來説，引申義因為是經過延伸或推演的意義，這就好像把本義的細微差別放大，同義詞之間就有可能看得格外清楚。"[④] 他又形象地把引申義比喻為放大鏡，認為引申義會把同義詞的細微差別放大。[⑤] 因此，我們可以通過追蹤同義詞的引申義，辨析同義詞的詞義差別。

---

① 王鳳陽：《古辭辨》，671 頁。
② 王力：《同源字典》，173–174 頁。
③ "幄"是帳幕，得名於四面佈開的特徵。《周禮・天官・幕人》："幕人掌帷、幕、幄、帟、綬之事。"鄭玄注："帷、幕皆以布為之，四合象宮室曰幄，王所居之帳也。""幄"與"屋"同源，參王力：《同源字典》，293–294 頁。又參洪成玉：〈説"宮、室""房、屋"〉，收入洪成玉：《漢語詞義散論》，304–310 頁。
④ 洪成玉：《古漢語詞義分析》，164 頁。
⑤ 洪成玉：《古漢語詞義分析》，164 頁。

　　舉一個例子說明引申義分析法。例如"際"和"隙"都是指
"縫隙"，意義相同，但如果加以區別，各自的詞義特徵並不相
同。《說文》"隙"字段注說："際，自分而合言之；隙，自合而
分言之。"兩詞由本義引申出來的意義差別很遠。"際"引申為
"兩合"之義，如《淮南子‧齊俗訓》："義者，所以合君臣、父
子、兄弟、朋友之際。""隙"則引申為物體中間裂開為兩邊的
意思，如《漢書‧曹參傳》："始參微時，與蕭何善，及為宰相，
有隙。"從二詞引申義的不同，可以推求二詞的本義有所不同。

3.2.4 搭配分析法

　　搭配指一些詞語與另一些詞語的共同出現。搭配分析法即通
過利用一個詞語跟其他詞語在句子中的搭配關係，分析這個詞語
的語義。由於這個方法過去學者甚少討論，而本文又經常使用這
種方法，因此我們要花一點篇幅說明如何利用這種方法辨析詞
義。

　　Firth(1957)指出我們可以"通過詞語的同伴了解一個詞語"。[1]
這就是說我們可以從與一個詞語經常共現的成分是什麼，通過詞
語的實際運用，了解這個詞語的屬性，而不是僅僅只靠個人對詞
義的語感作出判斷。[2] 我們可以從兩方面考察詞語的搭配關係，
其一是詞語共現的頻率，其二是詞語共現的限制。

---

[1]　原文："You shall know a word by the company it keeps." 見 Firth, J.R., *A Synopsis of Linguistic Theory*: 1930–1955, in *Studies in Linguistic Analysis*, Oxford: Blackwell, 1957, p. 1–32; reprinted in Palmer, F. R. ed., *Selected Papers of J. R. Firth*: 1952–1959, London: Longman, 1968, p.168–205.

[2]　陶紅印：〈"出現"類動詞與動態語義學〉，《現代中國語研究》第二期，2001 年 4 月，又載《從語義信息到類型比較》，161 頁。

考察詞語共現的頻率着重考察一個詞語與不同成分共現的次數的差別。這種方法着重考察詞語共現的頻率,方法上採取詞語共現的定量統計。①

考察詞語共現的限制則着重考察詞語共現的可能性。Cruse(1986)指出一個詞項預設的語義特徵會對這個詞項的組合施加限制,他把這種限制稱為"語義共現限制"(semantic co-occurrence restrictions)。他區分了兩類限制:一種是選擇限制(selectional restriction),一種是配搭限制(collocational restrictions)。選擇限制指邏輯上必要的限制,例如"死"要求其當事具有"生"的語義特徵,因此"張三死了"能接受,"勺子死了"一般不能接受,因為"張三"有"[＋有生]"的語義特徵,"勺子"則具"[－有生]"的語義特徵,不符合"死"對當事的要求。配搭限制指語義上任意的限制,②例如"逝世"與"死"同義,但是"張三逝世了"能接受,"大樹逝世了"一般不能接受,然而"逝世"的詞義本身並沒有限於指人,這種限制在語義上是任意的。③

詞語預設的語義特徵會對其搭配施加限制,詞與詞的組合對各自的語義是有選擇性的,④正確搭配依賴搭配的詞語的語義能

---

① 關於詞語搭配的定量分析的研究,參孫茂松、黃昌寧、方捷:〈漢語搭配定量分析初探〉,《中國語文》,1997 年第 1 期,29–38 頁;陶紅印:〈"出現"類動詞與動態語義學〉,《現代中國語研究》第二期,2001 年 4 月,又載《從語義信息到類型比較》,161 頁。

② "任意"當是與"邏輯"相對而言,不應理解為"在任何情況下說話者可以隨意選擇"的意思。

③ 以上參 Cruse, D.A., *Lexical Semantics*, Cambridge: Cambridge University Press, 1986, p.278–279.

④ 常敬宇:〈語義在詞搭配中的作用 —— 兼談詞語搭配中的語義關係〉,《漢語學習》1990 年第 6 期,5 頁。

相互兼容。反過來説，對於一個詞語，"搭配關係的不同與語義的構成有密切關係，也可以説語義搭配力是語義內部構成的一種功能性的體現"，[①] 我們可以通過它的搭配分析它的語義內部結構。對於同義詞，我們可以通過它們的搭配確定它們的語義特徵的不同。[②] 因此，我們可以從詞語與其他成分的搭配，分析這個詞語的意義，從而辨析同義詞之間的意義差別。

過去學者也注意到從詞語的語法屬性辨析詞義，包括考察詞語的句法功能和詞語的結合能力。[③] 不過，從語法分析詞義並沒有受到重視，例如黃金貴認為從語法辨析詞義"在同義詞辨異中的作用是有限的"。[④] 僅僅羅列詞語的語法屬性，但不落實到分析或解釋詞義，這當然對辨析詞義的作用很有限。我們需要的是提出從語法辨析詞義有哪些具體的方法，如何把語法分析落實到詞義分析，然後才能説從語法辨析詞義能起多大作用。

我們將在這一節論證通過搭配分析詞義的方法是有相當重要的作用，並且能驗證從其他詞義分析法所得出的結果。我們將先列出三種具體的方法，這些方法都會運用在第四章聲母獨有義的分析中。

(1) 比較動詞的論元的類型

一個動詞在句子中與其他體詞性成分有語義上的關係，這些名詞性成分各自有一定的語義角色，這些體詞性成分即是動詞的

---

① 蘇新春：《漢語詞義學》，北京：外語教學與研究出版社，2008 年，302 頁。

② 王洪君：〈從兩個同級義場代表單字的搭配異同看語義特徵和語義層級〉，《世界漢語教學》2010 年第 2 期，150 頁。

③ 洪成玉：〈古漢語同義詞及其辨析方法〉，《中國語文》1983 年第 6 期。

④ 黃金貴：《古漢語同義詞辨釋論》，362 頁。

論元。如果動詞能帶相同類型的論元，比如有兩個及物動詞都能帶作為受事的賓語，兩個動詞可能在對象、方式、結果等有所不同，而不同的名詞指稱不同的事物或概念，不同的事物或概念各自有其內在的特性。不同的動詞的意義差異與事物或概念的差異有一定的互相配合性，因此我們可以通過動詞的動賓組合分析動詞的意義。這個方法不在於觀察動詞的論元的語義角色，而在於分析動詞的論元的語義特徵，然後據此分析動詞的語義特徵。這個方法可以分為兩類：

一、觀察動詞能或不能搭配特定的賓語，分析動詞所能搭配的賓語的類型。例如動詞 A 有語義特徵 [a]，動詞 B 有語義特徵 [b]，而名詞 M 有語義特徵 [m]。[a] 與 [m] 在語義上相配，因此 A 能與 M 搭配；而 [b] 與 [m] 在語義上不相配，因此 B 不能與 M 搭配。那麼我們可以反過來通過觀察動詞與賓語搭配的可能性，分析動詞的語義特徵，或者驗證以其他方法所得出的語義分析。

二、觀察動詞搭配相同的賓語所顯示的差異。例如 A 和 B 都能與 M 搭配，但是由於 A 和 B 的語義特徵不相同，M 所經歷的動作或者得出的結果也不相同。例如假設 A 表示方式，B 表示結果狀態，那麼 A+M 表示以方式 A 對 M 進行了一個行為，B+M 表示 M 經歷了一個行為而達到結果狀態 B。因此我們可以反過來通過為不同的動詞搭配相同賓語，如果不同的動賓組合的意義有差別，則可以據此分析動詞的語義特徵。

我們舉一個例子說明以上的方法。例如"言"和"語"在"說話"的意義上同義。不過，二詞的差別在於"言"是自己跟人說話，"語"是回答別人的問話。例如《周禮・春官・大司樂》："舉道諷誦言語。"鄭玄注："發端曰言，答述曰語。"我們可以從

"言"和"語"各自的同源詞加以證明。"言"為自言，其同源詞可以為證：

(1)　"言"從主動説話引申為"詢問"，如《禮記‧曲禮上》："凡為君使者，已受命。君言，不宿於家。"鄭玄注："言，謂有故所問也。""言"從"詢問"引伸為"慰問"，派生出"唁"，《説文》："唁，弔生也。""唁"是慰問生者。

(2)　"諺"是流傳的話，《説文》："諺，傳言也。""諺"是一個人或一個團體流傳開去的話，而不是對話。

"語"為對答，其同源詞可以為證：

(3)　"牾"是二人相遇，《説文》："牾，逆也。"

(4)　"晤"是二人面對面，《陳風‧東門之池》："可以晤歌。"鄭玄箋："晤，猶對也。"

由此可證"言"是自發地説話，"語"是二人相對回答對方的問話。[1] 據此"言"和"語"的論元結構可以概括如下：

(5)　言：$[x\langle 説話\ y\rangle]$

(6)　語：$[x\langle 説話\ y\rangle\ z]$

從語義上説，x 是施行説話者，y 是説話的內容，z 是説話

---

① 王力認為"言"和"語"是同源詞，見王力：《同源字典》，138–139 頁。陸宗達、王寧先生和黎千駒都表示"言"和"語"的詞義特點不同，兩者的語源並不相同。參陸宗達、王寧：〈"言"與"語"辨〉，《訓詁與訓詁學》，258 頁。黎千駒：〈淺談繫聯同源字的標準——讀《同源字典》後記〉，《古漢語研究》，1992 年第 1 期，49 頁。

的對象。這些語義角色體現在句法上，x 作主語，y、z 作賓語。“言”指 x 說話，話的內容是 y；“語”指 x 向 z 說話，話的內容是 y。“言”和“語”的論元結構的差別，可以從二詞的句法表現的不同加以證明。

第一，“言”和“語”的配搭的賓語的類別不同。“語”的賓語既能指事物，也能指說話的對象，而“言”的賓語只能指事物，不能指說話的對象。[①] 如果“言”要帶說話對象為賓語，需要用介詞“於”引出說話對象，“語”則可直接帶說話對象為賓語，試比較以下兩例：

(7)　《左傳・隱公六年》：“周桓公言於王曰：[……]。”

(8)　《左傳・襄公二十七年》：“子木歸以語王。”

“言於王”是對“王”作出“言”的行為，“言”的論元結構只有說話者 x 和說話內容 y，其論元結構投射在句子並沒有位置給說話對象 z。如果“言”要與說話對象配搭，z 只能作為介詞的賓語，組成介詞短語附加於“言”的動詞短語。而“語”毋須以介詞引出說話對象 z，因為“語”的論元結構投射在句子已有位置給 z 直接作“語”的賓語。

第二，“言”和“語”配搭相同的賓語，有不同的意義。例如賓語同樣是“道”，“言道”是自己談論道，“語道”是對別人講道，試比較以下兩例：

(9)　《莊子・田子方》記顏淵說：“夫子言道，回亦言道也。”

(10)　《莊子・在宥》記廣成子對黃帝說：“而佞人之心翦翦

---

① 　王政白：《古漢語同義詞辨析》，210 頁。

者，又奚足以語至道！”下文又對黃帝説：“吾語女至
道。”

比較“語至道”和“語女至道”，前者的“語”雖然沒有帶有
表示説話對象的賓語，但由於“語”本身含有代表説話對象的論
元，即使在句子中沒有顯現説話對象，“語”仍然有二人對話的
隱含意義。除了“子祀、子輿、子犁、子來四人相與語曰”。

由此可證，通過“言”和“語”在句法成分搭配上的不同，
我們可以證明從同源詞所作出的語義分析是正確的。

(2) 比較句法成分的組合的可能

動詞的語義有不同，所帶的論元不同，也可能影響它們在句
法成分的組合的可能。例如“兼”、“并”同義，《説文》：“兼，
并也。”《廣雅・釋言》：“兼，并也。”[①]《廣雅・釋言》：“并，
兼也。”[②]“兼”又派生“縑”，《説文》：“縑，并絲繒也。”段
注：“謂駢絲為之。雙絲繒也。”“并”又派生“絣”，《説文》：
“絣，氐人殊縷布也。”段注：“殊縷布者，蓋殊其縷色而相閒
織之。”“兼：縑”和“并：絣”平行引申，似乎能證明“兼”和
“并”意義相同。

然而，從字形上看，《説文》謂“兼”字像手持兩禾之形，金
文作“𪊧”；“并”字像兩人相並之形，甲骨文作“𠀤”字。[③]從
文字的構意看，“兼”表示兩個物件為一個領有者所握持，“并”
表示兩個物件湊合一起。驗諸文獻，“兼”是一人匯集二物於一

---

① 《廣雅疏證》，140 頁。
② 《廣雅疏證》，161 頁。
③ 《甲骨文字集釋》卷八；《文源》；《金文大字典》。

身，例如《韓非子·難一》：“明主之道：一人不兼官，一官不兼事。”“兼”的同源詞有“重疊”、“包含”的意思，例如“嗛”是山峰重疊，[①]“嗛”是用嘴含，[②]“鼸”是一種在頰收藏食物的鼠類，[③]二物相兼一處為重疊，一人兼有物件為包含，皆從“兼”引申。而“并”的同源詞有“二物湊合一起”的意思，例如：“駢”是兩馬並駕，[④]“骿”是兩根肋骨連合一起，[⑤]“姘”是男女私合。[⑥]“兼”和“并”雖然在“兼并”的意義上相近，但兩者的義源並不相同。“兼”側重在一人含有兩物，“并”側重在兩物湊合一起。根據上述分析，“兼”和“并”的詞義可以表達如下：

(11)　兼：$[x \, ACT \langle 含有 \rangle \, y_1, y_2]$

(12)　并：$[x_1, x_2 \, ACT \langle 湊合 \rangle]$

　　以上通過同源詞所作出的詞義分析，我們可以考察“兼”和“并”各自獨有的配搭加以證明。

　　“兼”是 x 含有 y_1 和 y_2，我們發現在先秦兩漢文獻中只有“兼”出現在“y_1#y_2#x+V+ 之”這個句式之中（“#”表示兩個名詞

---

① 《爾雅·釋山》：“重甗，隒。”

② 《説文》：“嗛，口有所銜也。”《戰國策·趙策四》：“大王以孝治聞於天下，衣服使之便處體，膳啖使之嗛於口，未嘗不分於葉陽、涇陽君。”《史記·大宛列傳》：“匈奴攻殺其父，而昆莫生棄於野。烏嗛肉蜚其上，狼往乳之。”“嗛”是口腔包含住食物。

③ 《爾雅·釋獸》：“鼸鼠。”郭璞注：“以頰裹藏食也。”黃侃：“鼸、嗛音義同。”黃侃：《爾雅音訓》，179 頁。

④ 《説文》：“駢，駕二馬也。”《管子·四稱》：“入則乘等，出則黨駢。”引申指一物與另一物合併、並列，《莊子·駢拇》：“是故駢於足者，連無用之肉也。”

⑤ 《説文》：“骿，骿脅，并幹也。”《國語·晉語四》：“晉文公自衛過曹，曹共公亦不禮焉，聞其骿脅。”韋昭注：“骿，并幹。”

⑥ 《説文》：“姘，漢律齊人通妻曰姘。”朱駿聲：“《蒼頡篇》：‘男女私合為姘。’此義當為本訓，謂苟合也。”朱駿聲：《説文通訓定聲》，874 頁。

短語 NP 不必在同一句子，代詞"之"複指 y_1 和 y_2)。"兼"有七例，"并"則一例都沒有。"兼"的例子如：

(13) 《孟子・公孫丑上》："宰我、子貢善為説辭；冉牛、閔子、顏淵善言德行。孔子兼之。"

(14) 《孝經・士章》："故母取其愛，而君取其敬，兼之者父也。"

由於"并"是指"x_1, x_2 兩兩湊合"，也因此不能進入上述的句式。這證明了考察"兼"和"并"在句法上的組合的可能，可以驗證詞義分析。

(3) 比較搭配成分共現的趨勢

有時候搭配不一定有絕對的限制，而只是在成分之間的共現的趨勢不同。例如"完"和"備"意義相近，二詞的差異一般被分析為"完"着重於物的形體的完整，"備"着重於指數目的齊全。[①] 其中一種分析辦法是分別繫聯它們的同源詞：

"完"的同源詞有"梡"，"梡"是沒有劈開的完整木頭。《説文》："梡，㮝，木薪也。"段注："對'析'言之。梡之言完也。"字又作"楎"，《説文》："楎，梡木未析也。"又作"頑"，《説文》："頑，楎頭也。"段注："凡物渾淪未破者皆得曰楎。"可證"完"側重於形體的完整。

"備"的詞源意義則是"多個物件聚結於一處"。"備"的同源詞有"輻"、"福"、"富"等，"輻"，多條湊集在車轂的木條，

---

① 　王鳳陽：《古辭辨》，956 頁；陸宗達、王寧：〈同源詞與古代文獻閱讀〉，《訓詁與訓詁學》，461 頁。

《老子》："三十輻共一轂。""楅"，盛矢之器，《大射儀》："總
眾弓矢楅。"鄭玄注："楅，承矢器。""備"從"𡆥"聲，"𡆥"
與"楅"、"箙"通，即箭袋，甲骨文作"𠙶"，象箭湊集於箭袋之
形。"富"是積聚財物而富有，《説文》："富，備也。"[①]這些同源
詞的核心意義是"多個物件聚結於一處"，可證"備"側重在數目
齊全在一處。

以上從同源詞證明"完"和"備"的意義的差別，我們可以
利用二詞的句法表現進一步證實。根據上述分析，"備"有"[數
量]"和"[集結於一處]"兩個特徵，這兩個特徵是"完"所沒
有的。據此，我們預期：(a) 由於"完"的語義跟"數量"並沒有
衝突，"完"應當可以與數量詞組共現。但根據"完"和"備"在
語義上的分別，數量詞組與"備"共現的趨勢應大於與"完"共
現的趨勢。(b) 如果"備"和"完"同樣與數量詞組共現，"備"
表達一定數量的物體齊集起來了，"完"則不表達此義。

我們簡單地調查了先秦至西漢的文獻中"完"和"備"是否
出現在"數量詞＋名詞＋動詞"(NUM＋NP＋V)的句式之中，選
擇了數量詞"三"至"十"、"百"、"千"、"萬"進行調查。之所
以從"三"開始，因為"三"以上的數量才能稱為多。調查結果
如下：[②]

---

① 　"備"的同源詞的繫聯詳見第四章第二節 4.2.2 小節對"剖"字的討論。
② 　重複者不計算在內。

NUM + NP + V										
V＼NUM	三	四	五	六	七	八	九	十	百	千	萬
備	5	5	11	2	0	1	1	0	7	0	8
完	3	0	0	0	0	0	0	0	0	0	0

數量詞組與"備"共現遠多於與"完"共現。"完"雖然有三例詞組，但都不是表示一定數量的物體齊集：

(15) 《韓非子・三守》："人主有三守。三守完，則國安身榮；三守不完，則國危身殆。"

(16) 《六韜・文韜・六守》："六守長，則君昌；三寶完，則國安。"

(17) 《六韜・虎韜・絕道》："即有警急，前後相救，吾三軍常完堅，必無毀傷。"

"三守"是三條君主應該遵守的原則，"三守完"指遵守得完全、周到，而不是具有此三守。"三寶完"指三寶沒有缺損。"三軍完堅"指三軍沒有毀傷。三例的"完"都是指形體上的完整，不是指數量上的齊全。

除了"完"這三個例外，基本上只有"備"與"NUM+NP"配搭，例如：

(18) 《戰國策・秦策一》："臣聞之：欲富國者，務廣其地；欲強兵者，務富其民；欲王者，務博其德。三資者備，而王隨之矣。"

(19) 《穀梁傳·莊公二十二》："禮，有納采，有問名，有納徵，有告期，<u>四者備而後娶，禮也。</u>"

通過調查"完"和"備"出現在"NUM+NP+V"的句式的頻率，可證"備"側重於數量上的齊全，具有"數量"的語義特徵，"完"則缺少"數量"的語義特徵。"完"的語義與"數量"並沒有衝突，因此應當能與數量詞組共現。但"完"和"備"相比，"數量"是"備"顯要的語義特徵，但不是"完"顯要的語義特徵，因此我們預期數量詞組與"備"共現的趨勢應大於與"完"共現的趨勢。驗諸文獻確實如此。這説明了考察搭配成分共現的趨勢是能夠幫助分析詞義的。

第三節　小結

要找出聲母獨有義，很重要的一項工作是把表面上沒有意義差別的詞語區分開來，辨析各自的區別性特徵，在這個基礎上才有可能在"多音表一義"中找到"一音表一義"的可能性。古人的訓詁是了解古代漢語的詞義的一個重要的根據，然而古代訓詁是有一定的複雜性的，我們不能認為兩兩相訓的詞都是同義詞，而應該鑒別訓詁的混淆和分析詞語的具體意義。我們掌握了這些工具，就能在複雜的訓詁中理出一點頭緒來。接下來，我們將運用以上的方法尋找唇塞音聲母的獨有義。

第四章　唇塞音聲母獨有的意義

　　我們在第二章論證了聲母獨有義在理論上有存在的可能性，但是實際上是否存在，這需要從實際語言中探求。通過第三章的方法，我們將會分析唇塞音獨有的意義。前人觀察到唇塞音聲母多表示"分判"義，我們收集了與"分判"義相關的詞語，辨析它們的詞義，調查它們在先秦兩漢文獻中的使用情況，分析出唇塞音聲母獨有的分解義。其次，我們觀察到有一批聲母同為唇塞音、韻部相差甚遠，而都有"跌倒"的意思。我們收集了與"跌倒"義相關的詞語，進行調查和分析，找出唇塞音聲母獨有的跌倒義。

　　本文調查文獻的時期限於先秦兩漢傳世文獻，語料庫來自漢達文庫。[①]

---

①　調查文獻包括：
　　一、先秦文獻，共三十六種，包括《尚書》、《詩經》、《周易》、《逸周書》、《論語》、《老子》、《孟子》、《莊子》、《墨子》、《管子》、《荀子》、《鬼谷子》、《孫子》、《吳子》、《韓非子》、《呂氏春秋》、《鶡冠子》、《列子》、《公孫龍子》、《申子》、《慎子》、《尸子》、《尹文子》、《尉繚子》、《商君書》、《周禮》、《儀禮》、《禮記》、《大戴禮記》、《左傳》、《公羊傳》、《穀梁傳》、《國語》、《戰國策》、《楚辭》、《六韜》。
　　二、西漢文獻，共十六種，包括《韓詩外傳》、《説苑》、《新序》、《新語》、《新書》、《孝經》、《史記》、《法言》、《太玄》、《春秋繁露》、《淮南子》、《孔叢子》、《鹽鐵論》、《急就篇》、《燕丹子》、《全漢文》。
　　三、東漢文獻，共十三種，包括《論衡》、《潛夫論》、《吳越春秋》、《越絕書》、《漢書》、《前漢紀》、《東觀漢紀》、《白虎通》、《中論》、《蔡中郎集》、《漢官》、《風俗通義》、《全後漢文》。

　　本章分為兩節,第一節討論唇塞音聲母獨有的分解義,第二節討論唇塞音聲母獨有的跌倒義。

第一節　分解義

4.1.1 訓詁的混淆

　　上古漢語有一些詞語有"分解"的意思,但是在訓詁上出現互相混淆的情況。例如《說文》有九字同訓為"判":"副"、"冏"、"剖"、"辨"、"劇"、"刳"、"解"、"柝"、"班"。《廣雅·釋詁一》有十九字同訓為"分":"剖"、"判"、"釁"、"劈"、"擘"、"裂"、"參"、"離"、"填"、"析"、"斯"、"坼"、"榮"、"別"、"異"、"劇"、"刖"、"刻"、"斑"。其中有一些應該排除在本文的考察範圍之外:

　　其一,排除不是真正表示"把東西分解"的動作的詞語。一般而言字書中的訓釋詞是個多義詞,意義涵蓋範圍廣,能訓釋相當多的詞語。一個多義詞,有多種意義,每一個意義稱為一個義位。如果訓釋詞有兩個義位 A 和 B,被訓詞與訓釋詞的義位 A 意義相通,並不代表與 B 也意義相通。例如"異"訓"分",訓釋詞"分"不是以義位"分判"來解釋"異",而是以義位"區別、分別"來解釋"異"。"異"並沒有用為表示"剖分"的意思。又例如"離"訓"分",訓釋詞"分"是以義位"一物與另一物有一定距離"來解釋"離"。

　　其二,排除故訓是從概念而非詞義訓釋的詞語。有時候訓釋詞和被訓詞的詞義產生自對同一個事件的兩種角度,它們互訓並不代表它們是同義詞,而是訓釋者對被訓詞產生概念的轉移,用另一種角度解釋同一個事件。例如“參”《方言》訓“分”，其實“參”是“間雜二物的中間”的意思，《廣雅‧釋詁一》“參，分也”王念孫云：“參者，間廁之名，故為分也。”“分”並沒有“間雜”的義位，“參”和“分”在詞義上沒有意義相通的義位。兩人並列，另一人間雜其中，則並列的兩人被分開。“參”的主體是間雜的人，“分”的主體是並列的兩人，“分”和“參”是對同一事件的兩個觀察角度，但兩者在語義上沒有關係。

又例如“柝”《說文》訓“判”，是從“裂縫向兩邊張開”而言。“柝”是木裂開；“坼”是土地裂開；“磔”是張開牲體的胸腹；“赿”是撐開弩；“庎”是空間開張的屋；“蛇”是水母，體形呈張開的傘狀；“拓”是使面積或空間張開，“祐”是裙正中開衩的地方，“碩”是頭大，這些詞語是同源詞，[①] 端透定旁紐，鐸月通轉，核心意義是“張開”，是描述空間、面積、體積的張大，其中由“兩邊距離增加”的概念貫穿這些同源詞，與“判”描述物體形態由一個整體變成兩半並不相同。“判”並沒有“張開”、“張大”的義位，“柝”訓“判”不是訓釋詞義，而是以“判”的“分為兩半”的概念解釋“柝”的“向兩邊張開”的概念。

其三，音近義通的詞語可以歸併的則歸併到源詞。例如“墳”、“斑”、“囘”訓“分”，“墳”與“分”通，“斑”與“班”通、“囘”與“副”通，“墳”、“斑”都可以各自歸併到“分”、“班”、“副”。

---

① 例證參張希峰：《漢語詞族叢考》，208–215頁。按《說文》：“祐，衣衩。”段注：“裛衱在正中者也，故謂之祐，言其開拓也。亦謂之袷，言其中分也。”據段注“祐”取意於“開拓”，“袷”取意於“中分”，其實“袷”的語源當是“介”，取意於“空間插入在裛衱兩邊的中間”，非取意於“中分”。

　　排除了這些的例子後，我們將以以下詞語為主要的考察對象：

　　"分"、"判"、"辨"、"別"、"班"、"剖"、"副"、"劈"、"解"、"刌"、"割"、"斷"、"裂"（包括"列"）、"斯"、"析"

這些詞語也互相訓釋：

　　"判"又訓"分"、訓"割"。《左傳‧莊公三年》："紀於是乎始判。"杜預注："判，分也。"《國語‧周語》："若七德離判。"韋昭注："判，分也。"《史記‧龜策列傳》："鐫石拌蚌。"索隱："拌音判，判，割也。"

　　"班"也訓"分"。《說文》："班，分瑞玉。"

　　"分"又訓"別"、訓"斷"、訓"割"。《呂覽‧仲夏》："死生分。"高誘注："分，別也。"《文選》班彪《王命論》："始受命則白蛇分。"張銑注："分，斷也。"《文選》揚雄《長楊賦》："分埶單于。"呂延濟注："分，割。"

　　"別"又訓"分"。《漢書‧東方朔傳》："乃別著布卦而對曰"，顏師古注："別，分也。"

　　"剖"又訓"裂"、訓"劈"，"劈"與"劈"音近義通。《文選》揚雄《羽獵賦》："剖明月之胎珠。"呂延濟注："剖，裂也。"《戰國策‧宋衛策》："剖傴之背。"高誘注："剖，劈也。"

　　"副"又訓"析"、訓"坼"、訓"剖"。《禮記‧曲禮上》："為天子削瓜者副之。"鄭玄注："副，析也。"《玉篇》："副，坼也。"《廣韻》："副，剖也。"

"擘"又訓"分"、訓"剖"、訓"裂"、訓"擴"。《淮南子·要略》:"擘畫人事之終始者也。"高誘注:"擘,分也。"《廣雅·釋言》:"擘,剖也。"《玉篇》:"擘,擘裂也。"《説文》:"擘,擴也。""擴"又訓"裂"。《説文》:"擴,裂也。"

"解"又訓"分"、訓"坼"。慧琳《一切經音義》卷七"鋸解"注引《考聲》:"解,分也。"《大戴禮記·誥志》:"山不崩解。"孔廣森補注:"解,坼也。""坼"與"柝"通。

"剖"訓"判",又訓"剖"。《戰國策·燕策三》:"剖子腹及子之腸矣。"鮑彪注:"剖,判也。"《漢書·王莽傳中》:"莽使太醫、尚方與巧屠共剖剥之。"顏師古注:"剖,剖也。"《後漢書·董卓傳》:"夫以剖肝斮趾之性。"李賢注:"剖,剖也。"

"割"又訓"分"、訓"斷"、訓"解"、訓"裂"。《呂覽·應言》:"今割國之錙錘矣。"高誘注:"割,分也。"《廣雅·釋詁一》:"割,斷也。"《禮記·郊特牲》:"肉袒親割。"鄭玄注:"割,解牲體。"《急就篇》卷三:"廚宰切割給使令。"顏師古注:"胖解曰割。"《爾雅·釋言》:"蓋、割,裂也。""蓋"與"割"通,《尚書·呂刑》:"鰥寡無蓋。"

"裂"訓"分"、訓"擘",慧琳《一切經音義》卷六十九"摑裂"注引《字書》:"裂,擘也。""裂"與"列"音近義通,"列"又訓"分解",《説文》:"列,分解也。"

"析"訓"分",又訓"解"。《廣雅·釋詁一》:"析,分也。"《淮南子·俶真訓》:"析才士之脛。"高誘注:

"析，解也。"《漢書・禮樂志》："泰尊柘漿析朝酲。"顏師古注引應劭曰："析，解也。"

"斯"訓"析"，又訓"分"、訓"裂"。《説文》："斯，析也。"《廣雅・釋詁一》："斯，分也。"《廣雅・釋詁二》："斯，裂也。"

"坼"與"析"音近義通，訓"裂"。《説文》："坼，裂也。"

下圖總結了以上表示"分解"義的詞語的訓詁情況：

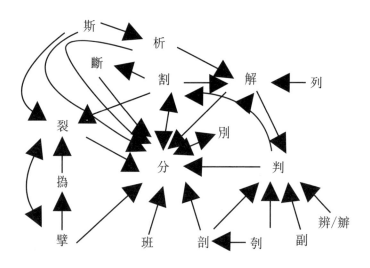

圖示：被訓詞 ⟶ 訓釋詞

從上圖可見這些詞語意義相近，訓詁上相當混亂，錯綜複雜。如果不加以分析它們的詞義，它們的聲母分佈在唇音、喉音、牙音、舌音、齒音，也就是不存在聲母獨有的意義。可是，如果對它們的詞義進行分析，我們將能分析出唇音聲母的詞語獨有的意義。

4.1.2 唇音聲母的分解義

如果不作出詞義分析，只是泛泛地説唇音的“判”、“剖”等詞語的意義是“分解”、“分開”，“唇音——分解義”詞語的詞義與“非唇音——分解義”詞語就沒有分別，那麼我們就不可能得到唇音聲母獨有的意義。因此，我們需要利用適當的方法分析“唇音——分解義”詞語的意義。

唇音聲母的“分解”義有兩類，其一是“從中間切割到底成兩半”，包括“判”、“分”、“別”、“辨”、“班”；其二是“從中間分開而不切割成獨立部分”，包括“剖”、“副”、“擘”。這兩類意義的共通點是“中分為兩半”，分別在於“判”、“分”等是把物體徹底分離成兩個獨立的部分，“剖”、“副”等則不必把物體完全分離成獨立的兩份。它們雖然有時候在訓詁上和使用上互相混淆，但是它們的基本意義還是有一定的差別的。

(1)“判”、“別”、“分”

“判”是指“徹底分離為兩半”，即把一個整體從中間切分為兩個相等的獨立的部分，例如：

(20) 《左傳·莊公三年》：“秋，紀季以酅入于齊，紀於是乎始判。”楊伯峻：“判，分也。紀分為二。紀侯居紀，紀季以酅入齊而為附庸。”[1]可證“判”指“一分為二”。

---

[1] 楊伯峻：《春秋左傳注》，北京：中華書局，1981 年，161 頁。

(21) 《墨子‧備城門》："令陶者為月明，長二尺五寸，六圍，中判之，合而施之內中，偃一，覆一。"這是把瓦管從中間分開為兩半。

(22) 《周禮‧考工記‧玉人》："琰圭九寸，判規，以除慝，以易行。""規"指圓形，[①]"判規"即半圓，指頂端兩側玅作弧形。[②] 兩側合起來為一個圓形，分開為二，則每側為半圓形。

(23) 《周禮‧春官‧小胥》："正樂縣之位，王宮縣，諸侯軒縣，卿大夫判縣，士特縣，辨其聲。"朱駿聲："按，宮縣四面，判縣兩面。"此文說明階層不同，樂器懸掛的位置也不同。鄭司農注："宮縣，四面縣；軒縣，去其一面；判縣，又去其一面；特縣，又去其一面。""宮縣"，縣於東、南、西、北四面；"軒縣"，縣於東、西、北三面；"判縣"，縣於東、西兩面；"特縣"，縣於東一面。"宮"取義於"四面環繞"，"軒"取義於"三面屏蔽"，"判"取義於"分開兩面"，"特"取義於"單獨"。[③] 此可證"判"為"從中間向左右兩邊分開"。

---

① "規"的本義圓規，即畫圓的工具，《荀子‧正論》："是規磨之說也。"楊倞注："規者，正圓之器。"用圓規畫圓也叫做"規"，《國語‧周語》："且吾聞成公之生也，其母夢神規其臀以墨。"圓形即用圓規畫圓的結果，《楚辭‧大招》："曾頰倚耳，曲眉規只。"王逸注："規，圓也。""規"的詞義分佈在工具、行為和結果。

② 楊天宇：《周禮譯注》，646 頁。

③ 參孫詒讓：《周禮正義》，1824–1827 頁。

"判"的同源詞也可以證明"判"的詞義是"分半"：

1. "半"，物體中分而成的狀態。《説文》："半，物中分也。"朱駿聲認為"半"是"判"的本字。[①]如果不考慮何者為本字，僅就它們的詞義分析，"半"是"判"的結果，"判"是"使……為半"的行為，二詞是同源詞。

2. "胖"，祭祀用的半邊牲肉，《説文》："胖，半體肉也。"《周禮‧天官‧腊人》："共豆脯薦脯膴胖。"鄭玄注："胖之言片也。析肉意也。"

3. "牉"，夫婦二人結合中的一方，《儀禮‧喪服傳》："父子，首足也；夫妻，牉合也；昆弟，四體也。"

4. "扶"，二人並行，即二人平行地行走，《説文》："扶，並行也。從二夫。輦字從此。讀若伴侶之伴。""扶"即"伴侶"的"伴"的本字，"伴"是同行的人。

5. "料"，半斗的容量，一斗為十升，半斗為五升。《説文》："料，量物分半也。"段注："量之而分其半，故字從斗半。《漢書》：'士卒食半菽。'孟康曰：'半，五斗器名也。'王劭曰：'言半，量器名。容半升也。'今按'半'即'料'也。《廣韻》'料'注'五升'。然則孟康語'升'誤'斗'，王劭語'斗'誤'升'，當改正。"根據"料"的詞源是"半"，以及《廣韻》的註解，段玉裁認為孟康和王劭的注文有誤，"料"是半斗，即五升。

---

① 《説文通訓定聲》，751頁。

　　6.“辨”、“別”，分為一半。《説文》：“辨，判也。”段注：“《小宰》‘傅別’，故書作‘傅辨’。《朝士》‘判書’，故書‘判’為‘辨’。大鄭：‘辨讀為別。’古‘辨’、‘判’、‘別’三字義同也。”“傅別”是券書，一分為二，雙方各執一半，《周禮·天官·小宰》“傅別”鄭玄注：“別，別為兩，兩家各得一也。”《墨子·旗幟》：“五兵各有旗，節各有辨。”孫詒讓：“凡符節判析其半，合之以為信驗。”《爾雅·釋器》：“革中絕謂之辨。”郭璞注：“中斷皮也。”把皮革從中間分為一半叫做“辨”。

　　7.“辯”，雙方立場不同的爭論，各執一辭。《莊子·齊物論》：“既使我與若辯矣，若勝我，我不若勝，若果是也，我果非也邪？”《列子·湯問》：“孔子東游，見兩小兒辯鬥。問其故，一兒曰：‘我以日始出時去人近，而日中時遠也。’一兒以日初出遠，而日中時近也。”可證“辯”為雙方意見不同，互相爭論。《太平御覽·人事部》引《尸子》：“兩智不能相救，兩貴不能相臨，兩辯不能相屈，力均勢敵故也。”可證“辯”必定包含雙方。《孟子·滕文公下》：“予豈好辯哉？予不得已也。”趙岐注：“好辯，好辯爭。”這裏雖然沒有明言兩人爭論，但“辯”仍有雙方因意見不同而爭論之意，因此趙岐添一“爭”字使“辯”隱含的雙方爭論義顯現出來。《説文》：“辡，罪人相與訟也。”王筠認為“辯”即“辡”的累增字。“辯”有雙方爭訟之義。《禮記·曲禮》：“分爭辯訟。”《易·訟》初六“不永所事”《象》傳：“不永所事，訟不可長也。雖小有言，其辯明也。”可證“辯”

"與"辯"都是指立場不同的雙方互相爭論。①

　　8."班",《說文》訓"分瑞玉","班"字像刀在中間把玉一分為二,當亦取意於"一分為半"。

這些詞語聲母都是唇塞音,韻部元月對轉。以上同源詞可證"判"的"分解"義的具體意義是"一分為半"。

"分"讀幫母文部,也有"一分為半"的意思,如《禮記·月令》:"日夜分,則同度量,鈞衡石,角斗甬,正權概。"鄭玄注:"因晝夜等而平當平也。""日夜分"是指仲春二月白天和晚上時間均等。《列子·周穆王》:"人生百年,晝夜各分。"張湛注:"分,半也。""晝夜各分"即白天和晚上各佔人生百年的一半。

"分"用作名詞有"物體的一半"的意思,如《公羊傳·莊公四年》:"師喪分焉。"何休注:"分,半也。師喪亡其半。""分"指軍隊的一半。《荀子·仲尼》:"閨門之內,般樂奢汏,以齊之分,奉之而不足。"楊倞注:"分,半也。用賦稅之半也。""分"指賦稅的一半。《韓非子·十過》:"昔者衛靈公將之晉,至濮水之上,稅車而放馬,設舍以宿,夜分而聞鼓新聲者而說之。""夜分"即"夜半",如《後漢書·光武帝紀下》:"[帝]引公、卿、郎、將講論經理,夜分乃寐。"李賢注:"分猶半也。""分"作動詞和名詞,都有"一分為半"的意思。

---

① 表示"辯清問題、分別是非"的"辯"實即"辨",《王力古漢語字典》認為"辨"和"辯"是同源詞:"'辨'是從行動上來剖分事物,分別是非;'辯'是從語言上來辯清問題、分別是非。二者的核心義相同,只是着重點不同,語音也相同,實同一詞,由語境的不同而有別。在古籍中又多通用。"(1418頁)此"辯"與表示"雙方爭論"的"辯"意義相通,都有"彼此區分"之義,但應當視為兩個詞語。

　　王力認為"判"、"辨"、"別"、"分"是同源詞，從讀音看，"判"，滂母元部；"辨"，並母元部；"別"，並母月部；"分"，幫母文部。三詞讀音相近，而且都有"中分為半"之義。根據我們的調查，在不同聲母的分解義的詞語中，只有"判"、"辨"、"別"、"分"有"中分為兩個獨立部分"的意思。

　　"辨"、"別"、"分"又平行引申出"區別"的意思，例如：

(24)　《禮記·內則》："禮，始於謹夫婦，為宮室，辨外內。"

(25)　《孔叢子·刑論》："中國之教，為外內以別男女，異器服以殊等類。"

(26)　《荀子·儒效》："鄉也，效門室之辨，混然曾不能決也，俄而原仁義，分是非，圖回天下於掌上而辨白黑，豈不愚而知矣哉！"

　　我們注意到，這些"V+NP$_1$+NP$_2$"的特點是 NP$_1$ 和 NP$_2$ 是反義詞。反義詞可以分為三類：[1]

　　1. 互補(Complementary)，特點是兩者非此即彼，例如"男——女"。

　　2. 反義(Antonym)，特點是兩個反義詞之間有中間狀態，例如"大——小"。

　　3. 反向(Converseness)，特點是一施一受，例如"買——賣"。

　　互補關係可以圖示如下：

---

① 蔣紹愚：《古漢語詞彙綱要》，128–129頁。

"辨"、"別"、"分" 在 "V+NP$_1$+NP$_2$" 的句式中 NP$_1$ 和 NP$_2$ 是互補關係。互補關係可以 "A= 非 B，B= 非 A" 證明，三詞正有以下例子可證：

(27)　《呂覽・淫辭》："王欲群臣之畏也，不若無<u>辨其善與不善</u>而時罪之，若此則群臣畏矣。"

(28)　《呂覽・禁塞》："今不<u>別其義與不義</u>，而疾取救守，不義莫大焉，害天下之民者莫甚焉。"

(29)　《呂覽・聽言》："三代<u>分善不善</u>，故王。"

從上文對互補關係的圖示，正與 "辨"、"別"、"分" 的 "中分為半" 義相通。互補就是合為一個整體，分為兩個獨立的部分，"中分為半" 義用於抽象範疇則引申出 "區別" 的意思。"判" 未見有 "V+NP$_1$+NP$_2$" 的例子，但有 "NP$_1$+NP$_2$+V"：

(30)　《尸子》卷上："<u>名實判</u>為兩，合為一。"

"判" 在時代較後的文獻有 "V+NP$_1$+NP$_2$" 的例子，如：

(31)　晉殷仲文《解尚書表》："宜其極法，以<u>判忠邪</u>。"

總之，"辨"、"別"、"分"、"判" 都從 "中分為半" 引申為 "區別具互補關係的兩個類別"。我們調查了不同的分解義詞語進入 "V+NP$_1$+NP$_2$" 和 "NP$_1$+NP$_2$+V" 的情況，結果如下（括號 [ ] 前是單獨出現次數，括號 [ ] 裏是作為複合詞出現次數：

聲母類別	詞語	V+NP$_1$+NP$_2$			NP$_1$+NP$_2$+V		
		先秦	西漢	東漢	先秦	西漢	東漢
唇音	分	6	4[2]	3[1]	24[1]	10[1]	8[2]
	判	1	0	0	1[2]	1[3]	[1]
	辨	37	4	4	5	0	0
	班	0	0	0	0	0	0
	別	42	31[1]	36	6[1]	4	5[1]
	剖	0	0	0	[2]	1[3]	[1]
	副（疈）	0	0	0	0	0	0
	擘	0	0	0	0	0	0
牙音	解	0	0	0	0	0	0
	劃	0	0	0	0	0	0
	割	0	0	0	0	0	0
舌音	斷	2	0	0	1	0	0
	列（裂）	0	0	0	0	0	0
齒音	斯	0	0	0	0	0	0
	析	0	1	0	1	0	0

　　從上表可見，基本上只有"分"、"辨"、"別"出現在兩類句式中。"剖"的例子是例外：

(32)　《淮南子・俶真訓》："有未始有夫未始有有無者，天地未剖，陰陽未判，四時未分，萬物未生。"

"剖"在這裏不是指"區別"。

"斷"的例子有：

(33) 《逸周書・度訓解》："明王是以極等以斷好惡，教民次分。"

(34) 《易・繫辭上》："動靜有常，剛柔斷矣。"

(35) 《易・繫辭上》："聖人有以見天下之動，而觀其會通，以行其典禮，繫辭焉以斷其吉凶，是故謂之爻。"

"斷其吉凶"的"斷"指"判斷"，"剛柔斷"的"斷"指"分離"，都不是指"區別"，可以排除。"斷好惡"是少數的例外，可能是從"完全分離"的意義引申而來。但"斷"的基本意義與"分"、"判"並不相同(參4.1.5)，這個例子屬於例外。

"析"的例子有：

(36) 《孔叢子・連叢子下》："且君子立論，必析是非。"

(37) 《荀子・王霸》："上詐其下，下詐其上，則是上下析也。"

《孔叢子》的"析"是"分析"，《荀子》的"析"指"分離"，都不是指"區別"。

總括來說，"辨"、"別"、"分"、"判"獨有"中分為兩半"義，平行引申出"區別互補關係的兩個類別"，我們可以從它們的意義的源頭看到意義的走向。同是唇音的"剖"、"副"、"擘"都沒有"區別"義，因為它們與"判"有一定的差異(見下文)。其他聲母的分解義詞語基本上沒有"中分為兩半"義和"區別"義。

(2)"剖"、"副"、"擘"

　　"剖"有"中分"義,《左傳・襄公十四年》:"與女剖分而食之。"杜預注:"中分為剖。""剖"又訓為"半",《廣雅・釋詁四》:"剖,半也。""剖"與"判"、"分"意義相近,例如《漢書・韓王信傳》:"與信剖符。"顏師古注:"剖,分也。"《淮南子・齊俗訓》:"伐梗枏豫梓而剖棃之。"高誘注:"剖,判也。"因此王念孫說"剖"與"判"、"半"是一聲之轉。[①]

　　不過,如果我們分析"剖"的具體意義,將發現"剖"與"判"、"分"同中有異。雖然兩者的動作方式都是從中間切分為兩半,但是"判"、"分"還表示結果狀態是物體分離成獨立的兩份,而"剖"並不一定把對象切割到底分離成獨立的部分。我們可以通過"剖"和"判"、"分"在賓語配搭上的不同加以證明。"剖"能帶以下三類賓語:

　　A 類賓語:

(38)　"孕婦",即裹着嬰兒的婦女,《呂覽・過理》:"剖孕婦而觀其化。"

(39)　"刑",即鑄器的模型,《荀子・彊國》:"刑范正,金錫美,工冶巧,火齊得,剖刑而莫邪已。"

　　B 類賓語:

(40)　"符甲",即種子的表皮,《史記・律書》:"甲者,言萬物剖符甲而出也。"

---

① 　見《廣雅・釋詁四》王念孫疏證,王念孫:《廣雅疏證》,124 頁。

C 類賓語：

(41) "胸"，《列子・湯問》："扁鵲遂飲二人毒酒，迷死三日，剖胸探心，易而置之。"

(42) "背"，指傴人的背，《韓非子・安危》："誅於無罪，使傴以天性剖背。"

(43) "脅"，《吳越春秋・越王無余外傳》："鯀娶於有莘氏之女，名曰女嬉，年壯未孳，嬉於砥山，得薏苡而吞之，意若為人所感，因而妊孕，剖脅而產高密。"

A 類賓語的共通點是一個外層包裹着裏面的整體，B 類賓語是裹着東西的外層，C 類賓語的共通點是屬於身體外在的一個部位，三類賓語的共通點是"剖"進行的對象都是一個整體的外層，"剖"是把外層從中間切割向兩邊打開。

三類賓語與"分"、"判"搭配時有所不同。A 類賓語應有可能能夠與"分"搭配，雖然沒有找到實際例子，但是按照語感，"分"可以與這類賓語搭配，一個旁證是"分"能與"體"搭配，如《論衡・書虛》：《傳書》言："[吳王夫差殺伍子胥]，煮之於鑊，乃以鴟夷囊投之於江。[……] 三江有濤，豈分囊中之體，散置三江中乎？"依此推測"分"跟"孕婦"應該也能夠搭配。然而，"分孕婦"和"剖孕婦"意義並不相同，"分孕婦"是把孕婦分為兩份，"剖孕婦"並沒有把孕婦分為獨立的部分，而只是在腹部中間切開。B 類賓語也應有可能能夠與"分"搭配，但"分苻甲"是把內腔已經沒有東西的苻甲分成幾份，與"剖苻甲"意義並不相同。C 類賓語則應不能與"分"搭配，因為這類賓語指稱整體的一個部位，並不滿足"分"要求對象是一個整體的條件。

　　要之，從以上"剖"所搭配的賓語的類型，可知"剖"進行的對象是有外層的整體，方式是從中間切割向兩邊打開。上引《荀子》文楊倞注："剖，開也。"也可為證。[①] 證以"剖"的同源詞，"剖"與"掊"同源，"掊"是扒開泥土，《史記・孝武本紀》："其夏六月中，汾陰巫錦為民祠魏脽后土營旁，見地如鈎狀，掊視得鼎。""掊"是把泥土外層從中間扒開，以看裏面的鼎，與"剖"的動作相同。據此，"剖"與"分"、"判"的意義並不相同。"剖"是"並不是完全分離成兩份，而只是在中間切割然後打開。"而"分"、"判"必定是把對象完全分離。"剖"與"分"的語義可以如此分析：

(44)　　＜方式＞　　　　　　　　　　　　　　＜結果＞

　　　　剖：[從對象的中間切分向兩邊打開]

　　　　分：[從對象的中間切分向兩邊打開] ＋ [對象分離成
　　　　　　　　　　　　　　　　　　　　　　　　獨立兩份]

　　然而，在有些例子裏，"剖"的動作完成後對象也有變成完全分離的部分，例如：

　　D 類賓語：

(45)　"瓠"，《莊子・逍遙遊》："魏王貽我大瓠之種，我樹之成而實五石，以盛水漿，其堅不能自舉也。剖之以為瓢，則瓠落無所容。"

(46)　"符"，《説苑・奉使》："天子聞君王王南越，不助天下誅暴逆，將相欲移兵而誅王，天子憐百姓新勞苦，且休之，遣臣授君王印，剖符通使。"

---

① "開"不屬於"分解"義，因此這裏不詳細分析"開"的詞義。

(47) "玉",《管子·水地》:"夫玉之所貴者,九德出焉。〔……〕是以人主貴之,藏以為寶,剖以為符瑞,九德出焉。"

(48) "萍實",《説苑·辨物》:"孔子曰:'此名萍實,(令)〔可〕剖而食之。惟霸者〔為〕能獲之,此吉祥也。'"

(49) "橘",《晏子春秋·內篇雜下》:"景公使晏子於楚,楚王進橘,置削,晏子不剖而並食之。"

(50) "石",《新序·雜事》:"惜矣,吾先王之聽!難剖石而易斬人之足!"

這似乎與上文對"剖"的分析矛盾,其實不然。依照上文的分析,"剖"表達切分的方式,"分"表達切分的方式和結果。根據Vendler(1967),謂語所陳述的內容是事件意義,事件意義分為四個大類:活動(activity)、狀態(state)、達成(achievement)、完結(accomplishment)。Rappaport Hovav and Levin(1998)為這四種事件意義提出了不同的事件意義模板(event structure template):[1]

(51) (a) 活動 $[x \ ACT_{<MANNER>}]$

(b) 狀態 $[x \ <STATE>]$

(c) 達成 $[BECOME[x \ <STATE>]]$

(d) 完結

$[x \ ACT_{<MANNER>}]CAUSE \ [BECOME \ [y \ <STATE>]]$

(e) 完結

$[x \ CAUSE \ [BECOME \ [y \ <STATE>]]]$

---

① Rappaport Hovav, M. and Levin, B., *Building Verb Meanings, in Butt,* M. and Geuder, W. eds., *The Projection of Arguments: Lexical and Compositional Factors*, CSLI Publications, Stanford, CA, 1998, pp. 107–108.

　　他們又把事件結構分為簡單事件結構和複雜事件結構。簡單事件由一個子事件構成，例如活動事件包括"[x ACT]"一個子事件；複雜事件由兩個子事件構成，例如完結事件包括"[x ACT]"和"[BECOME[x <STATE>]]"兩個子事件。但事件結構的複雜性可以變化，他們提出了模版提升（Template Augmentation）解釋一個簡單事件結構可以發展為複雜事件結構："事件結構模版可以自由提升成事件結構模版基本庫中其他可能的模版方式。"① 簡單事件結構可以提升為複雜事件結構，但複雜事件結構不能縮減為簡單事件結構。例如方式事件結構可以擴張為完結事件結構，反之則不然。

　　"剖"只包含活動一個子事件，"分"包含活動和達成兩個子事件，據此，我們可以預測"剖"可以從簡單事件結構擴張為包含活動和達成的複雜事件結構，而"分"則不能從包含活動和達成的複雜事件結構縮減為只含方式的簡單事件結構。換言之，"剖"能延伸表達"把對象分離成獨立兩份"，"分"則不能僅指"從中間切分向兩邊打開"，所切分的對象必然達到完全分離的狀態。

　　不過，"剖"進行模版提升不是隨意的，而是受到所帶的賓語的限制。A、B、C 類賓語和 D 類賓語有所不同。上文說過，A、B、C 類賓語是指稱有外層的整體，而 D 類賓語指稱的物體並沒有外層。② 當"剖"進行模版提升的條件是帶 D 類賓語：

---

① 譯文引自沈園：《句法 —— 語義界面研究》，144 頁。
② "剖瓠"似乎是有歧義的。"瓠"剖後中空，因此可以盛水漿，"剖"既可理解為剖分外層，又可理解為剖分整體為二。

(52)　剖：

$[x\,\mathrm{ACT}_{\langle 中分向兩邊打開\rangle}]$

$\longrightarrow [[x\,\mathrm{ACT}_{\langle 中分向兩邊打開\rangle}]\mathrm{CAUSE}\,[\mathrm{BECOME}\,[y\,\langle 完全分離\rangle]]] / y = 沒有外層的整體$

　　例如《戰國策・秦策三》："剖符於天下。"鮑彪注："剖，猶分也。""猶"説明了"剖"和"分"並非同義，但在這個語境下"剖"可理解為"分"。

　　總之，"剖"和"分"是同中有異。相同點是都有"中分為兩半"的意義，相異處是"剖"不完全切分到底，"分"則是完全切分到底。

　　"副"與"剖"同源，滂母雙聲，之職對轉。"副"與"剖"同義，《周禮・春官・大宗伯》："以疈辜祭四方百物。""疈"是"副"的籀文(見《説文》)，"副"是剖開牲畜的胸。[①]又例如：

(53)　《大雅・生民》："誕彌厥月，先生如達。不坼不副，無災無害。""坼副"指剖腹分娩。

(54)　《史記・楚世家》："陸終生子六人，坼剖而產焉。"《集解》引干寶曰："《詩》云：'不坼不副，無災無害。'原詩人之旨，明古之婦人有坼副而產者矣。"

《史記》記陸終妻子剖腹而產，一説陸終妻子是從脅產子。《世本》："陸終娶於鬼方氏之妹，謂之女嬇，生子六人。孕而不育三年，啟其左脅，三人出焉，啟其右脅，三人出焉。"不論是何者，陸終妻子生孩子都不是正常的生產，而是從身體的某一處剖

[①]　陸宗達先生：《説文解字通論》，95 頁。

開而產子。《生民》的"副"即《史記》的"剖",可證二詞意義相同,都是"從中間分向兩邊打開"的意思。

"副",《說文》籀文作"疈"。《周禮·春官·大宗伯》:"以疈辜祭四方百物。""疈"即"副"字。籀文可能反映了比較早的造字構意,形與義相配合,反映了"副"的本義,文字的造意核證了詞義的分析,造意指字的造形意圖。[①]造字意圖透過文字形體各部分的組合得到體現,"疈"字的造意向我們透露了其本義可能表示把東西從中間分為一半。"疈"字跟"班"字、"分"、"辨"字的構意相同,都是取"刀在中間剖分物體為二"之意構造形體。"班",林義光認為"班"字"像刀分二玉形"。金文"班"作"班"(班簋)、"班"(邾公孫班縛),像刀在中間把玉分開為二。"分"字甲骨文作"分"(續甲骨文編·前五·四五·七),金文作"分"(邾公牼鐘),字形像刀在中間把物體分為兩半。"辨",《說文》謂"從刀辡聲",金文作"辨"(辨簋),也是像刀在中間分為兩半。由此可以佐證"副"有"中分為半"的意思。

"擘"指用手從物體中間向左右兩邊分開,但沒有把物體分離為兩個獨立部分。例如:

(55)　《禮記·內則》:"炮,取豚若將,刲之刳之,實棗於其腹中,編萑以苴之,塗之以謹塗,炮之,塗皆乾,擘之。""擘"是指用手把塗泥向左右兩邊分開。

(56)　《史記·刺客列傳》:"酒既酣,公子光詳為足疾,入窟室中,使專諸置匕首魚炙之腹中而進之。既至王前,專諸擘魚,因以匕首刺王僚,王僚立死。"匕首藏在

---

①　陸宗達、王寧:《〈說文解字〉與本字本義的探求》,《訓詁與訓詁學》,416頁。

　　魚腹，專諸把魚腹在中間用手向左右兩邊分開，拿出
匕首，而不是把魚完全分離成兩半。

"擘"的詞義分析，以下同源詞可以為證：

　　1."捭"，兩手向左右兩側打出去。《說文》："捭，兩手
擊也。"段注："謂左右兩手橫開旁擊也。"引申為"向兩
邊打開"，《廣雅・釋詁三》："捭，開也。"王念孫："捭之
言擘也。"《禮記・禮運》："其燔黍捭豚。"鄭玄注："釋
米捭肉。"《釋文》："捭，注作擗，又作擘。"《鬼谷子・
捭闔》："闔而捭之，以求其利。""闔"是"兩門合上"，《說
文》："闔，一曰閉也。"意義與"捭"相反，"捭"是"向兩
邊打開"。"捭"與"擘"支錫對轉。字亦作"批"，《齊民要
術・種蔥》："兩樓重構，竅瓠下之，以批契繫腰曳之。"石
聲漢注："批是從中劈破。"

　　2."闢"，打開左右兩扇門。《說文》"闢"字古文作"𨴔"，
金文作"𢼄"（闢尊），楊樹達認為"像以兩手反向門開之形"。[1]

　　3."臂"，人體從腕至肩的部分。《說文》："臂，手上
也。"《孟子・告子下》："紾兄之臂而奪之食則得食。""臂"
和"髀"是同源詞，在手為"臂"，在足為"髀"，皆取意於"向
兩邊分開"。

　　4."髀"，大腿。《說文》："髀，股也。"《韓非子・外儲
說右下》："夫以布衣之資，欲以離人主之堅白、所愛，是以
解左髀說右髀者，是身必死而說不行者也。""髀"向兩邊

①　楊樹達：〈字義同緣於語源同續證〉，《積微居小學述林》。

分開為左髀與右髀。

5.“擘”又引申為“罅隙”，也是取意於“向兩邊分開”。《周禮・考工記・瓬人》：“凡陶瓬之事，髻、墾、薜、暴不入市。”鄭玄注：“薜，破裂也。”孫詒讓：“謂燒成破裂有罅隙。”段玉裁：“‘薜’讀為《西京賦》‘擘肌分理’之‘擘’，謂器之璺者也。”①

6.“襞”，作名詞時指衣服褶子，作動詞時指摺疊衣裙，與“擘”(罅隙)意義相通，皆取意於“向兩邊分擘”。《說文》：“襞，韏衣也。”徐鉉：“襞，衣襞積如辨也。”段注：“韋部曰：‘革中辨謂之韏。’‘革中辨’者，取革中分其廣摺疊之。”“襞積”看起來是聯綿詞，但“襞”有單用的例子，《漢書・揚雄傳上》引《反騷》：“芳酷烈而莫聞兮，不如襞而幽之離房。”顏師古注：“襞，疊衣也。”《論衡・商蟲》：“書卷不舒有蟲，衣襞不懸有蟲。”可證“襞”是一個獨立的詞。②

這些同源詞的核心意義是“向左右兩邊分開”。

總括而言，“剖”、“副”、“擘”都有“從中間分為兩半而不完全分離”的意思，“判”、“別”、“分”有“中分為半而完全分離”的意思，而此二義都是其他聲母的分解義詞所沒有的。“剖”等

① 孫詒讓：《周禮正義》，3373 頁。

② 衣裙皺褶又叫做“襉”。《文選》司馬相如《子虛賦》：“襞積褰縐。”張揖註：“襞積，簡齰也。”“簡”與“襉”通，指衣裙的褶子，《廣韻》：“襉，襉裙。”宋呂渭老《千秋歲》：“裙兒細襉如眉皺。”與“閒”、“澗”是同源詞。“閒”是月光從兩戶之間貫穿，“澗”是水流從兩山之間貫穿。“襉”當是取意於“從聳起的兩邊的褶子之間貫穿”，“襉”與“襞”指稱相同，但名義不同。“襉”的名義是“從兩物之間貫穿”，“襞”的名義是“向兩邊擘開而形成的縫隙”。

與"判"等的共同特徵是"從中間分為兩半","剖"讀滂母之部,"副"讀滂母職部,"擘"讀幫母錫部,"判"讀滂母元部,"別"讀幫母月部,"分"讀幫母文部。這些詞語的聲母都是唇塞音,意義上的共通點是"中分為半",分別在於是否完全分離。

4.1.3 喉音聲母的分解義

　　唇音的"擘"與喉音的"撝"在訓詁上有互相訓混,"擘"讀幫母錫部,"撝"讀曉母歌部。《說文》:"擘,撝也。""撝,裂也。""撝"讀曉母歌部,用以訓釋"擘",如果"撝"與"擘"同義無別,我們就不能說唇音聲母詞獨有某類分解義,因此需要考究"撝"的意義。然而"撝"在先秦兩漢文獻中很少使用,根據本文調查的材料,"撝"在先秦兩漢文獻出現了 19 次,[①] 大多是

---

① "撝"的例子如下:(1)《易・謙》:"六四:無不利,撝謙。"(2)《公羊傳・宣公十二年》:"莊王親自手旌,左右撝軍,退舍七里。"(3)《晏子春秋・外篇上》:"賦斂如撝奪,誅僇如仇讎。"(4)《列子・湯問》:"肆咤則徒卒百萬,視撝則諸侯從命,亦奚羨於彼而棄齊國之社稷,從戎夷之國乎?"(5)《淮南子・覽冥訓》:"於是武王左操黃鉞,右執白旄,瞋目而撝之。"(6)《淮南子・覽冥訓》:"魯陽公與韓構難,戰酣日暮,援戈而撝之,日為之反三舍。"(7)《淮南子・兵略訓》:"諸侯服其威而四方懷其德,脩政廟堂之上而折衝千里之外,拱揖指撝而天下響應,此用兵之上也。"(8)《春秋繁露・隨本消息》:"使一大夫立於斐林,拱揖指撝,諸侯莫敢不出,此猶隱之有泮也。"(9)《太玄・太玄數》:"三八為木,〔……〕撝肅。"(10)《太玄・太玄數》:"四九為金,〔……〕撝乂。"(11)《太玄・太玄數》:"二七為火,〔……〕撝哲。"(12)《太玄・太玄數》:"一六為水,〔……〕撝謀。"(13)《太玄・太玄數》:"五五為土,〔……〕撝聖。"(14)《吳越春秋・闔閭內傳》:"孫子復撝鼓之,當左右進退,迴旋規矩,不敢瞬目,二隊寂然無敢顧者。"(15)《吳越春秋・夫差內傳》:"夫秋蟬登高樹,飲清露,隨風撝撓,長吟悲鳴,自以為安。"(16)《後漢書・馬融傳》:"胝完胝,撝介鮮。"(17)《後漢書・班固傳》:"有於德不台淵穆之讓,靡號師矢敦奮撝之容。"(18)《後漢書・王龔傳》:"今將軍內倚至尊,外典國柄,言重信着,指撝無違,宜加表救,濟王公之艱難。"(19)《說文解字・敘》:"四曰會意,會意者,比類合誼,以見指撝,武信是也。"

借作"揮",表示"指揮"、"揮動"。出土文獻裏找到馬王堆帛書《周易》"譁"和上博簡三《周易》的"𢷎",① 今本作:②

(57)　《易‧謙》:"六四:无不利,撝謙。"

段玉裁認為"撝謙者,溥散其謙,无所往而不用謙,'裂'義之引申也。"但由於沒有其他佐證,"撝"是否有此引申義並未能確定。若然"裂"有"溥散"義,則可推測"撝"可能也能引申出"溥散"義,然而"裂"並無此引申義,"撝"是否能有此引申義也是可疑的。高亨則認為"撝讀作為",③ 此說無據。大多學者認為"撝"即"揮",但解釋有不同,一說表示"指揮",④ 一說表示"發揮",⑤ 一說表示"揮舉"。⑥ 總之,《易》的"撝"不是解作"裂"則是可以肯定的。"撝"表示"分解"義暫見一例:

(58)　《後漢書‧馬融傳》引《廣成頌》:"脰完羝,撝介鮮,散毛族,梏羽群。"

《廣雅‧釋詁二》"裂也"王念孫疏證:"脰、撝,皆裂

---

① 張立文:《帛書周易注譯(修訂版)》,鄭州:中州古籍出版社,2008 年,253 頁;《上海博物館藏戰國楚竹書(三)》,24 頁。

② 《太玄‧太玄數》:"三八為木,〔……〕撝肅。"鄭萬耕謂《太玄》的"撝"與《易》意思相同:"撝,發揮、施佈之義。《易‧謙》卦六四:'撝謙。'程氏《易傳》:'施佈之象。'朱子《本義》:'發揮也。'肅,敬。撝肅,指貌恭有所發揮即致肅敬。"見鄭萬耕:《太玄校釋》,306 頁。

③ 高亨:"撝疑當讀作為。"見高亨:《周易古經今注(重訂本)》,206 頁。

④ 王弼:"指撝皆謙,不違則也。"見《周易正義》,97 頁;朱駿聲:"撝,假借為麾。《釋文》:'撝,義與麾同。'《書》云:'右秉白旄以麾'是也。"

⑤ 參黃壽祺、張善文譯注:《周易譯注(修訂本)》,140 頁;金景芳、呂紹綱:《周易全解》,137 頁;陳鼓應、趙建偉:《周易今注今譯》,152 頁。

⑥ 《周易集解》引荀爽曰:"撝猶舉也。"又參南懷瑾、徐芹庭:《周易今注今譯》,112 頁。

也。""介鮮"是貝類和魚類。僅憑此條也不足以確定"撝"的意義是否與"擘"相同。

另一個思路是看與"撝"聲近義通的字。"撝"與"攳"相通,《方言》卷二:"鈹、攳,裁也。梁益之間裁木為器曰鈹,裂帛為衣曰攳。"錢繹:"《説文》:'撝,裂也。'攳'、'撝'聲近義同。合言之則曰'鈹攳'。左思《蜀都賦》:'藏鏹巨萬,鈹攳兼呈。'謝靈運《山居賦》:'鈹攳之端。'是也。""攳"、"撝"見曉旁紐,歌部疊韻。《説文》:"鬶,三足釜也,有柄喙。讀若嬀。从鬲規聲。""鬶"從"規"聲而讀若"嬀",可證"攳"、"撝"音近。然而《方言》的訓詁和錢繹的解釋無助我們了解"攳"所表示的特徵。

再看有關"撝"的訓詁。桂馥《義證》:"裂也者,《一切經音義》十三:'撝,裂也,謂手擘開也。'"王筠:"元應申之曰:'謂手擘開也。'"據桂馥和王筠引《音義》,"撝"有"手擘開"的意思,若然如此則"擘"、"撝"互訓。但考玄應《音義》卷十三"擘口"注:"《廣雅》:'擘,分也。'《説文》:'擘,撝也。''撝,裂破也。'謂手擘開也。經文作'拍',非也。""手擘開"是解釋"擘"而不是解釋"撝","撝"是否有"擘開"的意思,僅憑《音義》一條訓詁未能遽下定論。

段玉裁有另一説:"《曲禮》:'為國君削瓜者華之。'注曰:'華,中裂之也。''華'音如'花','撝'古音如'呵',故知'華'即'撝'之假借也。"朱駿聲説同。《禮記・曲禮上》:"為天子削瓜者副之,巾以絺。為國君者華之,巾以綌。"鄭玄注:"副,析也。既削,又四析之,乃橫斷之,而巾覆焉。華,中裂之,不四析也。"孔穎達疏:"華,謂半破也。"當然,所謂"半破"可能只是表示實際事件,未必是"華"的詞義。例如陸佃認為"華,離之如華,削瓜以是為正。《記》曰:'天子樹瓜華,不斂藏之種也。"①朱駿聲認為"華"為"開花",引申為破瓜的"華"。②據此"華"為從中間破開為兩半,則與"擘"意義無別,那麼我們就不能説"分半"義是唇音獨有的分解義。

此外,"撝"與"闔"是同源詞,《説文》:"闔,闢門也。""闔"在先秦兩漢文獻僅見一例,《國語·魯語》:"公父文伯之母,季康子之從祖叔母也。康子往焉,闔門與之言,皆不踰閾。"韋昭注:"闔,闢也。"③而"擘"與"闢"是同源詞,《尚書·舜典》:"詢于四岳,闢四門,明四目,達四聰。""闢"與"闔"意義無別。"擘:闢"與"撝:闔"平行引申,有人可能會據此認為"擘"和"撝"同義。不過,平行引申並不能證明"擘"和"撝"同義,參照 3.2.4 所討論的"兼:縑"和"并:絣"也是平行引申,但"兼"和"并"並非同義。

對於這個問題,我們可以從兩個方面考慮:(1)"擘"和"撝"可能是同指異義,二詞指稱相同的實際行為,但是指稱的角度不同,因此詞源意義也不相同。(2)"擘"、"撝"可能是音轉同源詞。這又有兩個可能性:(a)"擘 > 撝";(b)"撝 > 擘"。如果是 (a),"分半"與唇音聲母是原初的結合,由於偶然的音轉而形成喉音聲母詞也有"分半"義。如果是 (b),"分半"義與聲母的結合就沒有一對一的關係。接下來我們來考察這些可能性。

首先,"擘"和"撝"可能只是在"打開"的意義上相同,但

---

① 《爾雅詁林》,總 3705 頁。
② 朱駿聲:《説文通訓定聲》,427 頁。
③ 《國語集解》,199 頁。

在表示方式的意義上有區別。例如《廣韻》："閜，斜開門。"① 據此 "閜" 的區別性特徵是 "斜"，例如 "㖙" 是口不正，《説文》："㖙，口咼也。"："咼，口戾不正也。""咼" 讀溪母歌部，與 "閜" 讀匣母歌部，聲母旁紐，歌部疊韻。如果 "撝" 是取意於 "歪斜"，"撝" 的 "破開" 可能是從 "二個比鄰的物體互相傾斜地分開" 的角度而言。例如 "華" 也有用作表示 "歪邪" 的意思，《周禮・夏官・形方氏》："無有華離之地。"鄭玄注："華，讀為觚哨之觚，正之使不觚邪離絕。"賈公彥疏："觚者，兩頭寬，中狹。"② 孫詒讓云："《梓人》注釋 '哨' 為 '頃小'。'頃' 即觚衺，'小' 猶虧損，亦即觚狹之義。"③

要之，"撝" 可能是指 "斜開"，"閜" 為 "斜開門"，而 "擘" 指 "中分向兩邊打開"，"闢" 為 "兩扇門向外打開"，"撝：閜" 和 "擘：闢" 有共同的義素 "打開"，但進行 "打開" 的方式並不相同。若然如此，"中分" 義仍有可能是唇音獨有的意義。

另一個可能性是 "擘：闢" 音轉為 "撝：閜"。"擘" 讀幫母錫部，"闢" 讀並母錫部；"撝" 讀曉母歌部，"閜" 讀匣母歌部，聲母和韻母相差甚遠，我們需要考察聲母和韻母有沒有音轉的可能性。

先看聲母由唇音轉為牙音的例證。《説文》："鈀，柶屬。從金罷聲。讀如嬀。""鈀" 讀幫母歌部，"嬀" 讀見母歌部。"鈀" 是軋碎泥塊使田地平整的農具。④ "鈀" 與讀滂母歌部的 "耚"、

---

① 《校正宋本廣韻》，93 頁。
② 《周禮注疏》，1038 頁。
③ 孫詒讓：《周禮正義》，2700–2701 頁。
④ 《漢語大詞典》，第 11 卷，1428 頁。

"披"是同源詞,《廣雅·釋地》:《釋地》:"耚,耕也。"王念孫:"耚之言披也。披,開也。《玉篇》'耚'或作'畡',云:'耕外地也。''羅'猶'耚'也,方俗語有輕重耳。"①《正字通》:"羅,今耕者先以耜起土,次溚水用羅平之。柄似末,平底有齒。"②"羅"的詞源是"披","披"本義是"剝皮",把泥土剝開軋碎則為"耚",耚地的工具為"羅"。而"嬀"是水名,與耕地無關,《說文》:"嬀,虞舜居嬀汭,因以為氏。"從《說文》"羅如嬀"可知"羅"聲母從脣音音轉為牙音。"讀如"可能是擬音,也可能與聲借字通,《淮南子·精神訓》:"今夫繇者,揭钁臿,負籠土。"高誘注:"臿,鍤也,青州謂之'鏵',有刃也。三輔謂之'鍝'。"③"鏵"是一種翻土的工具,於三輔叫做"鍝","鍝"可能就是"羅讀如嬀"的"嬀"。④總之,"羅"從詞源上看聲母應當本讀幫母,⑤音轉為見母的"嬀"。

再看韻部由支部／錫部與歌部相通的例證。首先,從"卑"聲之字與從"辟"聲之字相通:

1. 讀如。《禮記·玉藻》:"天子素帶,朱裏終辟,而素帶終辟。"鄭玄注:"辟讀如禆冕之禆。"

2. 異文。《史記·封禪書》:"束馬懸車,上卑耳之山。"《集解》:"卑耳,即《齊語》所謂'辟耳'。"《老子》三十二

① 王念孫:《廣雅疏證》,298 頁。
② 《正字通》,12 冊,18 頁。
③ 張雙棣:《淮南子校釋》,785 頁。
④ 莊逵吉說,見張雙棣:《淮南子校釋》,803 頁。
⑤ 《說文》謂"皮"字"從又,為省聲"。"皮"金文像以手剝取獸革之形,"為"甲骨文像以手役象之形,"皮"並非從"為"省聲,參《古文字詁林》,第 3 冊,598–601 頁。

章："譬道之在天下，猶川谷之與江海。"漢帛書乙本"譬"
作"卑"。

從"罷"聲"皮"聲之字與從"卑"聲之字相通：

　　1. 讀若。《說文》："𤿜，別也。从丮卑聲。讀若罷。"《周
禮·夏官·司弓矢》："恆矢、庳矢用諸散射。"鄭玄注："鄭
司農曰：'庳矢，讀為人罷短之罷。'"

　　2. 通假。《說文》"髀"字云："踍，古文髀。"段注：
"《列女傳》：'古者婦人身子，寢不側，坐不邊，立不踍。'
按其文義，當是'跛'之假借，今兩書皆譌作'躍'。"

從"辟"聲之字與從"皮"聲之字相通：

　　1. 異文。《周頌·載見》："載見辟王，曰求厥章。"
《墨子·尚同中》："是以先王之書《周頌》之道之曰：'載
來見彼王，聿求厥章。'"畢沅："一本作'載見辟王'，同
《詩》。"[1]《老子》五十章："入軍不被甲兵。"河上本作"入
軍不避甲兵"。[2]

由此可證"卑"聲、"辟"聲、"罷"聲、"皮"聲相通，故"捭"、
"擗"、"擺"三字相通，《禮記·禮運》："其燔黍捭豚。"《釋文》：
"捭，或作'擗'，又作'擘'。"《後漢書·馬融傳》："擺牲班禽。"
李賢注："《廣雅》曰：'捭，開也。'字書擺布字也。""捭"、
"擘"、"擺"均表示"擘開"。又《晉書·張協傳》引《七命》："鉤

① 　孫詒讓：《墨子閒詁》，88 頁。
② 　王卡點校：《老子道德經河上公章句》，北京：中華書局，1993 年，195 頁。

爪攤，踞牙擺。"《文選》本作"鋸牙捭"，注："《説文》曰：
'捭，兩手擊也。'"

　　根據以上的資料，"擘"音轉為"撝"不是沒有可能的。李方
桂把佳部（支部）擬為 *-ig，把歌部擬為 *-ɑr，並指出佳部"到周
朝晚年就開始與歌部有互協的現象，這似乎指示韻尾 *-r 跟 *-g
已開始失落。至少有些方言是如此的，而佳部的元音 *-i 也開始
分裂為複合元音 *-iǎ 或 *-iě。"① 因此佳部字和歌部字互相通協。

　　要之，我們不能排除"撝：闊"是"擘：闢"的音轉同源詞
的可能性。若然的確如此，"中分"義仍有可能是唇音獨有的意
義。

　　總括來説，"撝"的意義或語源有以上的種種可能性。如果
"撝"的名義是"歪斜"，或者是其語源是"刲"，其名義就不是
"分半"，"分半"仍然是唇音獨有的意義。如果"撝"的確有"分
半"，但"撝"是從"擘"音轉產生的變體，"分半"義最早是與
唇音結合，牙音的"撝"有"分半"義是偶然和次生的。由於文
獻資料的不足，我們暫時未能確定以上的可能性。但是，根據
我們現有的資料，有一批聲母為唇音的詞語可以確定具"分半"
義，至於像"撝"這個不確定的例外，只能留待將來掌握更多資
料進一步研究。

4.1.4 牙音聲母的分解義

(1)"解"

　　"解"，《説文》訓"判也，从刀判牛角"。"解"聲母是牙音，

---

① 　李方桂：《上古音研究》，69、74 頁。

如果依《説文》的訓釋，"判"與"解"意義相同，那就不存在唇音聲母獨有的分解義。我們需要了解"解"的具體意義，才能判斷"解"和"判"是否同義。"解"甲骨文作"🜀"，像兩手分離牛角，但"解"的具體意義是什麼，需要從文獻中考察"解"的使用情況。楊秀芳釋"解"為"用有形的工具使具體的物分開"，[①]王鳳陽認為"'解'特指將屠宰過的牲畜之類按其自身的組織情況分裂為幾個部分"，[②]張聯榮認為"'解'這個詞的本義應當是分割動物的肢體"、"'解'的指稱義素'分離'貫穿於所有義項之中"。[③]他們的理解是正確的，驗諸故訓，如《儀禮・士虞》："殺於廟門西，主人不視豚解。"鄭玄注："豚解，解前後脛脅而已。"可證"解"為分割肢體。然而他們未有提出詳細的證明，他們的解釋也需要更加具體地分析。

　　首先，我們嘗試通過觀察與"解"配搭的成分的語義類型分析"解"的語義特徵。我們觀察到"解"經常與"體"、"結"、"縛"、"約"配搭，這四個成分可以作主語、賓語，充當"解"的其中一個論元。"結"又可作謂語，與"解"作反義詞使用。下表調查了"體"、"結"、"縛"與分解義詞語的搭配：

① 楊秀芳：〈從漢語史觀點看"解"的音義和語法性質〉，《語言暨語言學》，2001年2卷2期，265頁。
② 王鳳陽：《古辭辨》，542頁。
③ 張聯榮：《古漢語詞義論》，265頁。

聲母類別	詞語	配搭成分（主語／賓語／謂語）								
		體 N			結 N/V			縛 N/V		
		先秦	西漢	東漢	先秦	西漢	東漢	先秦	西漢	東漢
牙音	解	5	2	3	4	7	16	2	3	2
	刳	0	0	0	0	0	0	0	0	0
	割	0	0	0	0	0	0	0	0	0
唇音	分	0	0	2	0	0	0	0	0	0
	判	0	0	0	0	0	0	0	0	0
	辨	0	0	0	0	0	0	0	0	0
	班	0	0	0	0	0	0	0	0	0
	別	0	0	0	0	0	0	0	0	0
	剖	0	0	1	0	0	0	0	0	0
	副	0	0	0	0	0	0	0	0	0
	擘	0	0	0	0	0	0	0	0	0
舌音	斷	1	1	2	0	0	0	0	0	0
	柝（坼）	0	0	0	0	0	0	0	0	0
	列（裂）	0	0	0	0	0	0	0	0	0
齒音	斯	0	0	0	0	0	0	0	0	0
	析	0	0	0	0	0	0	0	0	0

　　從上表可見，基本上"體"跟"解"搭配佔絕大多數，跟"分"、"剖"、"斷"搭配有零星的例子。關於"體"與"分"、"剖"、"斷"的搭配，我們留待下文再解釋。

"結"、"縛"只跟"解"搭配，不與其他分解義詞語搭配。我
們可以從"結"、"縛"的特徵分析"解"的區別性特徵。我們先
討論"結"、"縛"與"解"的搭配。請看以下例子：

(59) 《鶡冠子・泰鴻》："上聖者與天地接，結六連而不解者
也。"

(60) 《説苑・權謀》："窺牆者乃言之於楚王，遂解其縛，與
俱之楚。"

"結"與"縛"意義相近，《文選》張衡《西京賦》："但觀罝羅之
所羂結。"薛綜注："結，縛也。""結"、"縛"的共通點是把散
開的東西束在一起，由此可知"解"的意思是"使束在一起的東
西分開、離散"，此義是"解"所獨有的，理由是其他分解義詞語
未有與"結"與"縛"搭配。

依照"解"的意義分析，"體"應該也有"束在一起"的特
徵，因此有二詞的搭配。

我們對比"身"和"體"的詞義的不同，找出"體"的語義特
徵。黃金貴認為"'身'指除去頭肢的人身胴體"，"'體'作身體
之稱，着重指外形體態"，[①]他提出的證明是"體"從"豐"聲，
"豐"聲字有文表義，如《韓非子・解老》："禮者，所以貌情也，
群義之文章也。"《爾雅翼・釋魚一》："鱧魚圓長而斑點，有
七點，作北斗之象。其取名以其鱗有花斑。"其次，黃金貴認為
"體"的引申義多從外形言，如《易・繫辭上》："故神無方而易
無體。"韓康伯注："方、體者皆繫於形器者也。"我認為"體"

---

① 《古代文化詞義集類辨考》，477、479、480頁。

若偏指外形體態並不能充分解釋"體"的使用特點(見下文),而且上引的《韓非子》、《易·繫辭上》等引文都不是解釋詞義,而是解釋哲學思想。

王鳳陽認為"'身'指的是人或動物的整體,相當於現代的'身體'","'體'指的是'身'的各組成部分"。^①我認為這個解釋是正確的。《説文》:"體,總十二屬也。"段注:"十二屬許未詳言,今以人體及許書覈之:首之屬有三,曰頂,曰面,曰頤;身之屬三,曰肩,曰脊,曰尻;手之屬三,曰厷,曰臂,曰手;足之屬三,曰股,曰脛,曰足。合《説文》全書求之,以十二者統之,皆此十二者所分屬也。"《説文》訓"體"為"總十二屬","體"專指由不同部分結合而成的總體。以下我們列出五項證明:^②

第一,"體"可指身體的一部分,"身"沒有此義,例如:

(61) 《周禮·天官·內饔》:"內饔掌王及后、世子膳羞之割亨煎和之事,辨體名肉物,辨百品味之物。"鄭玄注:"體名,脊、脅、肩、臂、臑之屬。""體"是牲體的不同部位。

(62) 《史記·項羽本紀》:"最其後,郎中騎楊喜,騎司馬呂馬童,郎中呂勝、楊武各得其一體。五人共會其體,皆是。""各得其一體"指每人各得項羽尸體的一部分。

---

① 《古辭辨》,115頁。

② 王鳳陽提出了三項證明,其一是"體"有表示身體的各組成部分的用法,其二是"體"作動詞表示將"身"分解為各部分,其三是"體"作狀語表示將整體拆散。我們參考了第一和第二項證明,並且加以補充。至於第三項證明,王鳳陽舉例《楚辭·離騷》"雖體解其不變兮,豈忠信之可懲",我認為"體解"可以看作"如體解"。"體"和"解"的搭配將在下文討論。

(63)　《儀禮・喪服》：“父子，一體也；夫妻，一體也；昆
弟，一體也，故父子，首足也；夫妻，胖合也；昆
弟，四體也。”“昆弟”既是“一體”，又是“四體”，似
乎矛盾。其實兩個“體”的意思並不相同，前一“體”
指“身體各部分結合的總和”，後一“體”指“結合成整
個身體的各部分”，這裏指“四肢”。

第二，“體”與“身”對文時，“體”是“身”的一部分，例
如：

(64)　《管子・君臣下》：“四肢六道，身之體也。四正五官，
國之體也。”

(65)　《法言・問道》：“合則渾，離則散，一人而兼統四體
者，其身全乎！”

(66)　《禮記・祭義》：“身也者，父母之遺體也。”

第三，“體”受數字修飾，表示身體的部分的數量；“身”受
數字修飾，表示軀幹的數量。比較以下例子：

(67)　《論語・微子》：“四體不勤，五穀不分。”《莊子・田
子方》：“得其所一而同焉，則四支百體將為塵垢，而
死生終始將為晝夜而莫之能滑，而況得喪禍福之所介
乎！”

(68)　三身，《山海經・西山經》：“有鳥焉，一首而三身。”

“四體”、“百體”指身體的部分的數量是“四”、“百”，“三身”指
身體的數量是“三”。

　　第四，只有"體"與動詞"合"搭配，"身"並沒有這種搭配，例如：

(69)　《莊子・達生》："天地者，萬物之父母也，合則成體，散則成始。"

(70)　《管子・君臣上》："上之人明其道，下之人守其職，上下之分不同任，而復合為一體。"

(71)　《淮南子・說林訓》："異音者不可聽以一律，異形者不可合於一體。"

　　第五，"體"用作動詞時表示"使身體的各部分分解"，"身"沒有這種用法，例如：

(72)　《禮記・禮運》："體其犬豕牛羊，實其簠簋豆鉶羹。""體"即"肢解"。《孔子家語》文同，王肅注："體，解其牲體而薦之。"

(73)　《周禮・天官・敍官》："惟王建國，辨方正位，體國經野。"鄭玄注："體，猶分也。""體國經野"即劃分都城和郊野的界限。

(74)　《墨子・經上》："體，分於兼也。"孫詒讓："蓋並眾體則為兼，分之則為體。""兼"是主幹同時有多於一個分支，"體"指把合併的眾多分支分開。

　　"體"用作動詞也指"扶持四肢"，例如：

(75)　《禮記・喪大記》："君、大夫徹縣，士去琴瑟。寢東首於北牖下。廢床。徹褻衣，加新衣，體一人。"鄭玄

　　　　注：“體，手足也。四人持之，為其不能自屈伸也。”
　　　　死者手足痙攣，因此四肢要人扶持。

“體”用作動詞也指“結合”、“接納”、“親近”，都是拉近距離成
為一體之意，例如：

(76)　《禮記・文王世子》：“外朝以官，體異姓也。”鄭玄
　　　　注：“體，猶連結也。”

(77)　《禮記・中庸》：“修身也，尊賢也，親親也，敬大臣
　　　　也，體群臣也，子庶民也。”鄭玄注：“體，猶接納
　　　　也。”

(78)　《禮記・學記》：“就賢體遠，足以動眾，未足以化
　　　　民。”鄭玄注：“體，猶親也。”《管子・樞言》：“先
　　　　王取天下，遠者以禮，近者以體。”安井衡：“體，猶
　　　　親也。”

“身”並沒有以上三種作動詞的用法。

　　把“體”分析為“身體各部分結合的總和”，把“身”釋作“整
個身體、軀幹”，可以解釋“身”和“體”為什麼有以上五個用法
的差別。一、“體”包含了“各部分”的概念，因此可以特指“身
體的一部分”。二、“體”可以指身體的不同部分，從屬於整個身
體，因此“體”與“身”對文時“體”指“身”的組成部分。三、
“體”包含了“身體各部分”的概念，因此只有“體”受數字修飾
表示身體的部分的數量。“體”包含了“各部分結合”的概念，
因此只有“體”與動詞“合”搭配。四、“體”用作動詞有三種用
法，訓詁上隨文異訓，我們可以從“體”的詞義和句法結構給出

統一的解釋。

　　首先，"體"是有歧義的，我們分為"體₁"和"體₂"。"體₁"指"身體各部分結合的總體"，"體₂"指"組成總體的各部分"。利用輕動詞的理論，我們可以對此加以解釋。輕動詞是詞彙意義虛，但句法功能強的一批動詞，包括"DO（做、弄）"、"BE（是、為）"、"BECOME（成為）"、"CAUSE（使）"等虛動詞。馮勝利先生指出漢語複雜的動賓關係，是由輕動詞移位造成的。[①] 例如"睡小牀"的底層結構可以分析為"[ᵥ· DO[ᵥᴘ 小牀 [V'睡]]]"，即"做了一件涉及小牀的睡覺的事"，"睡"移位至輕動詞的位置而得到表層結構"睡小牀"。根據這種分析方法，"體"的三種動詞性使用的句法結構可以如此分析：

　　一、"體其犬豕牛羊"的"體"釋為"使身體的各部分分解"，源於"體其犬豕牛羊"的句法結構是"[ᵥ· DO[ᵥᴘ 其犬豕牛羊 [V'V[ɴᴘ 體₁]]]]"，即"做了一件涉及犬豕牛羊的關於'體₁'的事"。"體₁"是"身體各部分結合的總體"，對"體₁"所做的事件就是使結合的各部分變成不結合，故此義可以詮釋為"分解"。

　　二、"體一人"的"體"釋為"扶持四肢"，源於"體一人"的句法結構是"[ᵥ· DO[VP 一人 [V'V[ɴᴘ 體₂]]]]"，即"做了一件涉及一人的關於'體₂'的事"。"體₂"是組成總體的各部分，特指手腳四肢，"扶持"義是在此語境中所理解的意義。

　　三、"體異姓"、"體群臣"、"體遠"的"體"釋為"結合"、"接納"、"親近"，源於它們的句法結構是"[ᵥ· CAUSE[ᵥᴘ 異姓 / 群臣 / 遠 [V'BECOME[ɴᴘ 體₁]]]]"，即"使異姓 / 群臣 / 遠（與自己）

---

① 馮勝利：〈輕動詞移位與古今漢語的動賓關係〉，《語言科學》，2005 年 1 月，3–16 頁。

變成一體"，"結合"、"接納"、"親近"只是隨不同語境所理解的意義，三者都是源於"結合為一體"之義。

把"體"分析為"身體各部分結合的總和"，才能解釋"體"以上的語言表現。據此，我們可以解釋"體"主要跟"解"搭配的原因。"解"與"體"搭配，"體"可以作賓語，如《左傳·成公八年》："信不可知，義無所立，四方諸侯，其誰不解體？""體"也可以作主語，如《楚辭·離騷》："雖體解吾猶未變兮，豈余心之可懲。"

根據上文的分析，"體"是"身體各部分結合的總和"，"解"是"使束在一起的東西分開"，二詞的意義相合，"解體"的意義可以分析如下：

(79)　　　　　　＜對象＞　　　　　　　　＜行為＞

解：[物件束在一起的整體] ＋ [使……成為不結合]

　　　　　　　　＜對象＞

體：[身體各部分結合的總和]

"解"選擇的對象具"束在一起的整體"的特徵，"體"具"各部分結合的總和"的特徵，因此"體"主要跟"解"搭配。而其他分解義詞語並不具"束在一起的整體"的特徵，因此一般不跟"體"搭配。

現在討論其他分解義詞語與"體"的搭配。"分"、"剖"有與"體"搭配的例子：

(80)　《論衡·書虛》：《傳書》言："[吳王夫差殺伍子胥]，煮之於鑊，乃以鴟夷橐投之於江。[……] 三江有濤，

　　　　　　岂分橐中之體，散置三江中乎？”

　　(81)　《潛夫論・遏利》：“象以齒焚身，蚌以珠剖體。”

“分體”不是指分解肢體，而是指把身體分為幾份。“剖體”並非指分解肢體，而只是剖分全體。“體”與“身”對文，“體”只是泛指身體。這些“體”都不着眼於“束在一起的整體”的特徵，因此“分”、“剖”能與“體”搭配。

　　“斷”有與“體”搭配的例子：

　　(82)　《穀梁傳・成公十六年》：“日事遇晦曰晦，四體偏斷曰敗，此其敗，則目也。”

　　(83)　《史記・文帝本紀》：“夫刑至斷支體，刻肌膚，終身不息，何其楚痛而不德也，豈稱為民父母之意哉！”

　　這些“體”都是指“四肢”，即“體₂”，“斷”不能與“體₁”搭配。“斷”選擇其對象具延伸性(見下文)，四肢符合“對象具延伸性”的條件，因此“斷”能以“體₂”為賓語，但不能以“體₁”為賓語。

　　除去以上的例外，表示“各部分結合的總和”的“體₁”只選擇與“解”搭配而不與其他分解義詞語搭配，這是由於只有“解”與“體”在語義特徵上相容。我們一方面從“解”與“結”、“縛”的搭配，分析“解”的詞義是“使束結在一起的東西分開”；一方面分析“體₁”的詞義是“各部分結合的總和”，而“體₁”只跟“解”搭配，這兩個分析可以互相參驗，我們不能泛泛地理解“解”為“剖開”、“分割肢體”。

　　我們還可以從“解”的同源詞證明以上的詞義分析。“解”派生出"懈"，"懈"即精神不集中。《大雅·烝民》："夙夜匪解，以事一人。"《孝經·士章》作"夙夜匪懈，以事一人"，"解"與"懈"是同源通假字。同具"分解"的意思，只有"解"派生為精神不集中的"懈"，是由於只有"解"有"使束結在一起的東西分開"義。①

我們又可以從"解"的引申義證明以上的詞義分析。物體相連接處也叫做"解"，例如：

(84) 《周禮·考工記·弓人》："今夫茭解中有變焉，故挍。"鄭玄注："茭解謂接中也。"賈公彥疏："言茭解中，謂弓隈與弓簫角接之處。""時齊人有名手足節擊間為茭，取弓隈與簫角相接名茭也。""簫"是弓的兩頭，"隈"是弓彎曲處，"茭解"是"隈"和"簫"相接處。

(85) 《素問·氣穴論》："內解者寫於中者十脈。"王冰注："解，謂骨解之中經絡也。""解"指關節骨體相連接處。

(86) 《素問·骨空論》："膝解為骸關。""膝解"指膝關節的骨。

---

① "解：懈"的同源關係可以跟"駘冶紿：怠"比較互證。"解"有"脫落"義，如《禮記·曲禮上》："解屨不敢當階。"孔穎達疏："解，脫也。""解"又指使冰從固體變成液體，《禮記·月令》："東風解冰，蟄蟲始振。""駘"是馬銜從嘴脫落，《說文》："駘，馬銜脫也。""冶"是使金屬從固體變成液體，《說文》："冶，銷也。""紿"是絲繩用久而鬆解，《說文》："紿，絲勞即紿。""怠"是精神鬆懈，《玉篇》："怠，懈也。""脫落"即附着的物體從主體分離，"從固體變成液體"即物體變成不緊合堅固，與"解"意義相關。

《王力古漢語字典》把"解"的義項"物體相連接的地方"列為"備考",而沒有列在義項"分解"之下。[①]我認為"物體相連接處"和"分解"兩個義項應該是有聯繫的。根據上文分析,"解"是"使束在一起的東西分開",兩物束在一起的地方即兩物的結合處,因此"解"可以理解為使物體的結合處分離。使物體的結合處分離叫做"解"(解$_1$),由此引申物體結合處也叫做"解"(解$_2$)。《莊子・養生主》:"批大郤,導大窾。"郭象注:"節解窾空,就導令殊。""節解"即骨節之間分開,故骨節的交接處也叫做"解"。這可以跟"祖:組"比較。衣縫解開謂之"祖",縫補解開的衣縫謂之"組",《說文》:"祖,衣縫解也。""組,補縫也。""祖"和"組"是同源詞,段玉裁認為二詞"音同而義相因也。""組"字亦作"綻",《禮記・內則》:"衣裳綻裂,紉箴請補綴。"注:"綻,猶解也。"《急就篇》:"鍼縷補縫綻紩緣。"顏師古注:"縫解謂之綻。""綻"兼有"解開"和"接合解開處"兩個義位。"解開"即是對接合處進行的動作,"接合"即是對解開處進行的一個動作,二義相因。接合處是可以解開的部位,因此接合處也名為"解$_2$"。由此可以證明"解$_1$"是指"使束在一起的東西分開",否則無法解釋為什麼"物體相連接處"也名為"解"。

　了解了"解"的語義,我們可以再考慮前人對"解"的分析。楊秀芳認為"解"的本義是"用有形的工具使具體的物分開",受事者是完整的物體,"受事者稍作放寬,'解'也可以用來把組合的物體拆開。""這類動詞的受事者都是有形的被束紮的物體,工具不是利刃,但仍為有形的雙手。'庖丁解牛'的'分剖'之義是把一個整體的東西切割開，‘解鈕子’的‘拆解’是把結合的東西拆開，使恢復原來分離的狀態。從‘分剖’到‘拆解’，這樣的語義變化，關鍵在受事者的性質發生了變化。”[①] 然而根據上文的分析，“解牛”的“解”和“解鈕子”的“解”的語義並沒有分別，也不存在受事者的性質發生變化而使“解”產生不同的意義。“解”的意義的本質也不在於是用什麼工具。

　　總之，“解”是指“使物件束在一起的整體分離”，與唇音的分解義並不相同。

(2)“刳”

　　喉音的“刳”與唇音的“剖”、“判”在訓詁上有互相混淆的例子。《說文》：“刳，判也。”《戰國策‧燕策三》：“今子且致我，我且言子之奪我珠而吞之，燕王必當殺子，刳子腹及子之腸矣。”鮑彪注：“刳，判也。”《廣韻》：“刳，剖破。”雖然“刳”訓“判”，其實“刳”的詞義與“判”並不相同。

　　“刳”指“挖空對象的內容”，即剖開物體的胸腹取出裏面的東西。《說文》“刳”字段注：“刳謂空其腹。”例如《易‧繫辭下》：“刳木為舟。”孔穎達疏：“舟必用大木，刳鑿其中。”[②] “刳木”即挖空木頭，而不是把木頭一分為二。字亦作“辜”。《周禮‧大宗伯》：“以疈辜祭四方百物。”“疈”即“副”，剖開牲畜的胸；“辜”即“刳”，用刀挖出內臟。[③]

---

① 楊秀芳：《從漢語史觀點看“解”的音義和語法性質》，*Language and Linguistics*, 2.2:261-297, 2001.
② 《周易正義》，354 頁。
③ 陸宗達：《說文解字通論》，95 頁。

我們可以從"剈"的同源詞證明"剈"以"中空"為特徵。《廣雅·釋詁三》:"刲、剈,屠也。"王念孫:"刲、剈一聲之轉,皆空中之意也。""凡與刲、剈二字聲相近者,皆空中之意也。"[1]"夸"聲字讀見母魚部,"圭"聲字讀見母支部,見母雙聲,支魚旁轉。以下六組字都是從"夸"聲之字與從"圭"聲之字意義相通:

1. 剈₁:刲

"剈₁"指"挖空","刲"也是指"挖空"。《禮記·內則》:"炮:取豚若將,刲之剈之,實棗於其腹中。"鄭玄注:"刲、剈,博異語也。"孔穎達疏:"刲剈其腹,實香棗於腹中。""云'刲、剈,博異語也'者,按《易》云:'士刲羊。'又云:'剈木為舟。'意同而語異。"可證"刲"和"剈"意義相同。

2. 挎:絓

"挎"是"摳住孔穴",即手指探入中空處。《儀禮·鄉飲酒禮》:"相者二人,皆左何瑟,後首,挎越,內弦,右手相。"賈公彥疏:"瑟下有孔越,以指深入謂之挎也。"[2]賈疏的釋義是"挎"的具體詞義。

《玉篇》:"絓,中鈎也。"王念孫認為"以手摳物謂之絓"。[3]與"挎"同義。

---

① 《廣雅疏證》,75頁。
② 《儀禮注疏》,169頁。
③ 《廣雅疏證》,75頁。

3. 胯：奎

“胯”是大腿之間。《説文》：“胯，股也。”許慎“胯”、“股”渾言不別，析言則“胯”指“兩股之間”，《史記・淮陰侯傳》：“出我胯下。”皆可證“胯”並非指“股”，而是兩股之間的空間。

“奎”也是大腿之間。《説文》：“奎，兩髀之間也。”段注：“奎與胯雙聲。”《莊子・徐無鬼》：“濡需者，豕蝨是也，擇疏鬣自以為廣宮大囿，奎蹄曲隈，乳間股腳，自以為安室利處。”向秀注：“胯，股間也。”

4. 跨：跬

“跨”一腿向前張開踏步。《説文》：“跨，渡也。”段注：“謂大其兩股間以有所越也。”《左傳・昭公十三年》：“康王跨之。”杜預注：“跨，過其上也。”

“跬”，舉足一次，即一腿踏前，與“步”相對，“步”是做了兩次“跬”，即一腿踏前，另一腿再踏前。《方言》：“半步為跬。”《禮記・祭義》：“故君子跬步而不忘孝也。”

5. 洿：洼

“洿”是凹陷下去的土地。《説文》：“洿，一曰窊下也。”特指池塘，《孟子》：“數罟不入洿池。”又形容土地凹陷，《楚辭・天問》：“九州安錯，川谷何洿。”

“洼”是池塘，也是凹陷下去的土地。《説文》：“洼，深池也。”《莊子・齊物論》：“似洼者，似污者。”字亦作“窪”。又形容土地凹陷，《老子》二十二章：“窪則盈。”《方言》：“洼，洿也。自關而東，或曰洼，或曰氾。"可證"注"、"洿"同義。

以上六組同源詞"刉₁：刲"（挖空）、"刉₂：捙"（析而不絕）、"挎：捙"（摳住孔穴）、"胯：奎"（兩股之間）、"跨：跬"（一足向前踏步）、"洿：洼"（凹陷地）。綜合以上同源詞，其特徵是"挖空"，挖空則凹陷，故引申為"凹陷"。挖空的動作是形成弧形，故引申為"胯"。由此可證"刉"指"挖空"，與唇音的分解並不相同。

然而，在一定語境下相近，如"刉"與"剖"有時候意思可以互通：

(87) 《荀子・宥坐》："汝以知者為必用邪？王子比干不見剖心乎！"

(88) 《韓詩外傳》卷七："子以知者為無罪乎？則王子比干何為刉心而死？"

雖然"刉"和"剖"出現在相同的環境，但這並不能證明"刉"與"剖"意義相同。

"心"其實都不是"剖"和"刉"的受事，而是"剖"和"刉"後所得的結果。以下例子可以為證：

(89) 《列子・湯問》："扁鵲遂飲二人毒酒，迷死三日，剖胸探心，易而置之。"

(90) 《史記・宋微子世家》說："乃遂殺王子比干，刉視其心。"

"刉心"、"剖心"是有歧義的。"刉心"既可指"挖胸膛取出心"，

也可指"挖空心",例如:

(91) 《莊子‧天地》:"君子不可以不刳心焉。"

"刳心"就是把心挖空。但"剖心"不能有此歧義,這可以總結如下:

(92) 剖心:(a) 進行"剖"而取出心
(b) * 挖空心
刳心:(a) 進行"刳"而取出心
(b) 挖空心

"刳心"和"剖心"的互相混淆,是由句法結構造成的混淆。利用輕動詞理論分析,"刳心"、"剖心"的句法結構可以如此分析:

(93) $[_{v'}$ 為 $[_{VP}$ 心 $[_{V}$ 剖 $]]]$
(94) $[_{v'}$ 為 $[_{VP}$ 心 $[_{V}$ 刳 $]]]$

這是説"為了'心'而進行了'剖/刳'的一件事情"。"刳"和"剖"移位至輕動詞"為"的位置,於是造成"刳心"、"剖心"表面上的相同,但實質上並不相同。

總括而言,牙音的"刳"雖然在訓詁上和使用上有所混淆,但"刳"的意義實指"挖空",與唇音的分解義並不相同。

(3)"割"

聲母是牙音的"割"與唇音的"分"有本質上的不同,雖然在故訓中有兩者互訓的例子,例如《戰國策‧秦策四》:"寡人欲割河東而講。"高誘注:"割,分也。"《左傳‧僖公三十一年》:

"三十一年春，取濟西田，分曹地也。""割河東"與"分曹地"相似。"分"又訓"割"，《文選》楊雄《長楊賦》："分剟單于，磔裂屬國。"呂延濟注："分，割也。""割"與"剖"有時也互相混淆，如《漢書‧高惠高后文功臣表》："跡漢功臣，亦皆割符世爵，受山河之誓，存以著其号，亡以顯其魂，賞亦不細矣。""割符"猶"剖符"。《戰國策‧趙策二》："乃且願變心易慮，剖地謝前過以事秦。""割河東"和"剖地"相似。如果不加以分析"割"的意義以與"分"、"剖"，以及解釋為什麼"割"與"分"、"剖"互相混淆，就不能說唇音獨有某類分解義。

王鳳陽認為"從整體中截斷其中的一部分稱'割'，把完整的東西劃破也可以稱'割'，所以'割'其實是用刀類截物的通稱。"[①] 以"截斷一部分"、"劃破"解釋，仍然未能說清楚"割"的區別性特徵。我認為"割"是依物體的厚度切割，要求所切割的對象具厚度。

我們可以從"割"所搭配的賓語進行分析。"割"帶以下賓語是表示切出物體的一部分：

(95)　"塗"，《周禮‧考工記‧輪人》："凡為輪，行澤者欲杼，行山者欲侔。杼以行澤，則是刀以割塗也，是故塗不附。""塗"指塗泥，即黏附在車輪表面上的泥，"割塗"是把車輪上的一層泥切出來。

(96)　"股"，《莊子‧盜跖》："介子推至忠也，自割其股以食文公，文公後背之，子推怒而去，抱木而燔死。""割股"是把大腿的一部分肉切出來。

---

①　王鳳陽：《古辭辨》，697 頁。

(97) "肉",《史記·陳丞相世家》:"陳丞相平少時,本好黃帝、老子之術。方其割肉俎上之時,其意固已遠矣。"

在先秦兩漢文獻中未見"塗"、"股"與"分"、"剖"搭配的例子。"肉"有與"分"搭配的例子,如:

(98) 《史記·陳丞相世家》:"里中社,平為宰,分肉食甚均。"

不過,"分肉"是把肉分成一塊一塊,合乎"分"是對具整體性的物體進行切割,"分肉"與"割肉"意義不同。然而,"切出一部分"還不夠全面說明"割"的語義。"割"帶以下賓語時,並非表示把物體切出一部分,而是用刀子在物體表面劃開向表面之下的裏層推進,然後沿着裏層移動刀子,例如:

(99) "胳",肋間的肉,《史記·司馬相如列傳》:"不若大王終日馳騁而不下輿,胳割輪淬,自以為娛。"

(100) "肌",《漢書·魏相丙吉傳》:"雖介之推割肌以存君,不足以比。"

(101) "皮",《史記·扁鵲蒼公列傳》:"乃割皮解肌,訣脈結筋。"

(102) "臂",《左傳·莊公三十二年》:"而以夫人言許之,割臂盟公,生子般焉。"①

唇音的"分"、"剖"等帶以上賓語都不能僅表示劃破皮膚和肌肉的意思,可證與"割"意義有別。

---

① 楊伯峻:"割謂殘破之,非割斷之義。""割"是指沿着劃破皮膚和肌肉。楊伯峻:《春秋左傳注》,253 頁。

　　我們還可以從"割"的同源詞證明"割"是對厚度切割。
"契"與"割"當是同源詞。[①]"契"讀溪母月部,"割"讀見母月
部,二詞同義,如《淮南子·齊俗訓》:"越人契臂。"高誘注:
"割臂出血。""割"與"鍥"能互相替換:

(103)《淮南子·説山訓》:"割而捨之,鍥邪不斷肉。"

(104)《荀子·勸學》:"鍥而捨之,朽木不折。"

"鍥"的本義是"在表面刻",即"不斷向物體的厚度鑿"。《左傳·
定公九年》:"盡借邑人之車,鍥其軸。"杜預注:"契,刻也。"
《戰國策·宋衛策》:"剖僵之背,鍥朝涉之脛。"鮑彪注:"鍥,
刻也。"[②]"刻鑿"義引申為"割"義,可與"刻"比較互證。"刻"
從"刻鑿"義引申出"割"義,例如:

(105)《北史·奚康生傳》:"行刑人注刀數下,不死,於地刻
　　　截。"

(106)《抱朴子·詰鮑》:"剝桂刻漆,非木之願。"

"刻漆"指割開漆樹樹皮,讓漆液流出。[③]"刻漆"的"刻"即《莊
子·人間世》"桂可食,故伐之;漆可用,故割之"的"割",《抱
朴子》化用《莊子》之文。可證"刻鑿"義可引申為"割"義,
"割"與"鍥"是同源詞。"割"是從"用器具向物體厚度刻鑿"
的角度指稱"切分"的動作,與"分"、"剖"從"中分"的角度指
稱"切分"的動作並不相同。

---

① 章太炎也認為"鍥"和"割"同出一源,但沒有論證。參《文始》卷一,《章太炎
　　全集(七)》,總 178 頁。
② 《戰國策集注彙考》,1691 頁。
③ 《漢語大詞典》,第 2 卷,678 頁。

“割”和“斷”有時意義很相似，例如“斷”也可帶“股”為賓語：

(107) 《戰國策・燕策三》：“秦王之方還柱走，卒惶急不知所為，左右乃曰：‘王負劍！王負劍！’遂拔以擊荊軻，斷其左股。荊軻廢，乃引其匕首提秦王，不中，中柱。”

但“斷股”指斬斷肢體，“割股”則指在肢體上切去一部分肉，兩者並不相同。又如文獻中有“斷臂”：

(108) 《淮南子・説山訓》：“斷右臂而爭一毛，折鏌邪而爭錐刀。”

但“斷臂”指斬斷肢體，“割臂”則指劃破肌膚。又如文獻中有“割纓”、“斷纓”：

(109) 《左傳・哀公十五年》：“太子聞之，懼，下石乞、盂黶敵子路，以戈擊之，斷纓。”

(110) 《史記・衛康叔世家》：“太子聞之，懼，下石乞、盂黶敵子路，以戈擊之，割纓。”

同一句子，《左傳》用“斷纓”，《史記》用“割纓”，“斷”、“割”互相替換，似乎沒有分別。《廣雅・釋詁一》：“割，斷也。”[1] 慧琳《音義》卷二十六“如斷生瓠”注：“斷謂割；割，截也。”正可證明“割”和“斷”意義相同。

---

[1]　王念孫：《廣雅疏證》，22 頁。

　　然而，根據本文的分析，"斷"和"割"的意義並不相同，差別在於施行的對象有不同。我們可以利用 Lang(1989)對德語和英語的空間維度形容詞的語義分析來闡述"斷"和"割"的差別。Lang 認為物體的"完型特徵"(gestalt properties)可以用幾個參數來分析，其中對我們的分析有幫助的包括以下兩個參數：

(111)　(a) 最高值性(Maximality, MAX)識別物體 x 的最延伸的
　　　　　單一軸。

　　　　(b) 物質(Substance, SUB)識別非最高值的單一的第三軸，
　　　　　或者圓形截面的綜合軸。

所謂軸，就是把物體抽象化為由一些線段所組合而成，一個三維物體就有三條軸 x, y, z，不同的軸由不同的形容詞在一定的環境下所識別。一般而言，MAX 以"長"來識別，SUB 則以"厚"來識別。"長"識別物體的延伸度的值最高的軸，"厚"識別另外兩條軸(例如長和寬)以外的第三軸，或者圓形截面的綜合軸。[1] Lang 又提出"物體圖式"(object schemata)用以分析物體的空間度量，對於三維物體可以用"< a,b,c >"標示，分別對應物體的三個維度。[2] "臂"的物體維度可以如此分析：

(112)　< a　　　(b　　　c) >
　　　　max　　*sub*

---

[1]　Lang, E., *The Semantics of Dimensional Designation of Spatial Objects, In Bierwisch*, M., Lang E., eds, *Dimensional Adjectives, Berlin: Springer-Verla*g, 1989, pp. 350–351. 關於 SUB 的命名，由於與本文沒有直接關係，這裏不詳細介紹，詳參 Lang(1989: 350–352)。

[2]　參 Lang, E., *The Semantics of Dimensional Designation of Spatial Objects*, 349–370.

max 識別最延伸的單一軸 *a*，*sub* 識別由另外兩個維度綜合的軸 (b c)。

我們可以根據以上的方法分析"斷"和"割"的語義的分別。"斷"表示使物體的延伸軸分離(參 4.1.5)，即對物體的 *max* 進行切分；"割"表示切分物體的厚度，即對物體的 *sub* 進行切分。這就能解釋"斷"和"割"在帶賓語上的異同。"斷臂：割臂"的分別是由於"斷"是切分 *max*，"斷臂"的結果手臂斷了，即手臂不再從軀幹延伸；而"割"是切分 *sub*，因此只是割開皮膚和肌肉，而並非把手臂切斷。據此，"斷"和"割"在表示對物體維度的切分上有所不同。

由此推之，"斷纓：割纓"是從不同的角度對於同一事件的描述，雖然兩者出現在相同的文句中，但表達的意義並不相同。因此，像《廣雅》和慧琳《音義》的"斷"和"割"互訓不是詞義訓釋，《廣雅》的訓釋是把在特定語境下可以交替但表達不同意義的"割"和"斷"看作意義相同，在離開語境的雅書訓詁就看不出分別了；《音義》則是對同一事件用另一角度解釋，所以慧琳說"斷謂割；割，截也"，"謂"表示了用具體解釋抽象，"割"的動作性比較強，"斷"則在使動用法逐漸減少以後一般表示狀態的變化。

同理，"割符：剖符"、"割河東：分曹地"也是對同一事件從不同角度表達，不能證明"割"和"剖"、"分"同義而在相同環境中替換。"剖"、"分"是對 (max (sub)) 的整體切分，與"割"是對 *max* 切分，兩者在所施行的對象的維度上不相同。由此可證牙音的"割"與唇音的"分"有本質上的不同。

4.1.5 舌音聲母的分解義

(1)"斷"

"斷"與其他聲母的分解義的詞語在訓詁上有互相混淆的例子，例如"斷"和"分"互訓。《文選》班彪《王命論》："始受命則白蛇分。"張銑注："分，斷也。"《易‧繫辭上》："動靜有常，剛柔斷矣。"虞翻注："斷，分也。""斷"又訓"割"。慧琳《音義》卷二十六："如斷生瓠。"注："斷謂割；割，截也。""斷"一般被解釋為"截斷"、"折斷"、"截開"。[①] 但"截斷"、"折斷"、"截開"具體來説是什麼意思，我們需要加以分析。王鳳陽認為"'斷'側重是中分"，"'斷'是將事物中分為二的意思"，[②] 若然"斷"是"中分"，便與唇音的分解義沒有區別。因此，我們需要進一步考察，才能區分清楚"斷"和"唇音——分解義"詞語的意義有什麼不同，以確定唇音獨有的分解義。

首先，我們觀察到"斷"對於什麼對象能經歷"斷"是有選擇性的。"斷"的對象一般是長條形的，例如：

(113) "髮"，如《莊子‧逍遙遊》："宋人資章甫而適諸越，越人斷髮文身，無所用之。"

(114) "纓"，繫在脖子上的帽帶，如《左傳‧哀公十五年》："太子聞之，懼，下石乞、盂黶敵子路，以戈擊之，斷纓。"

---

① 《漢語大字典》，2028 頁；《漢語大詞典》，第 6 卷 1084 頁；《王力古漢語字典》，418 頁；張希峰：《漢語詞源叢考》，188 頁。

② 王鳳陽：《古辭辨》，522、523 頁。

(115) "繩"，如《荀子·彊國》："然而不剝脫，不砥厲，則不可以斷繩。"

(116) "帶"，衣帶，如《説苑·政理》："公使吏禁之，曰：'女子而男子飾者，裂其衣，斷其帶。'"

(117) "鞅"，套在馬頸上的皮帶，如《左傳·襄公十八年》："將犯之。大子抽劍斷鞅，乃止。"

(118) "尾"，如《左傳·昭公二十二年》："又惡王子朝之言，以為亂，願去之。賓孟適郊，見雄雞自斷其尾。"

(119) "楹"，柱子，如《説苑·反質》："晏子病，將死，斷楹內書焉。"

(120) "杖"，如《禮記·喪大記》："棄杖者，斷而棄之於隱者。"

(121) "臂"，如《戰國策·趙策二》："今楚與秦為昆弟之國，而韓、魏稱為東蕃之臣，齊獻魚鹽之地，此斷趙之右臂也。"

(122) "肱"，上臂，如《左傳·昭公二十年》："及閎中，齊氏用戈擊公孟，宗魯以背蔽之，斷肱，以中公孟之肩。"

(123) "指"，《淮南子·説山訓》："斷指而免頭，則莫不利為也。"

(124) "足"，《左傳·昭公二十六年》："苑子刜林雍，斷其足，鑋而乘於他車以歸。"

(125) "脛"，如《莊子·駢拇》："是故鳧脛雖短，續之則憂；鶴脛雖長，斷之則悲。故性長非所斷，性短非所續，无所去憂也。"

(126) "蛇",如《淮南子・本經訓》:"斷脩蛇於洞庭,禽封
豨於桑林。"

(127) "竹",如《吳越春秋・勾踐陰謀外傳》載《彈歌》:"斷
竹,續竹,飛土,逐肉。"

"斷"的賓語選擇長條形物體。不過,文獻裏也有"割纓"、"割
臂"(參上文),和這可以從"斷"的賓語可以是抽象的"長"得
到證實:

(128) 《戰國策・秦策一》:"今秦地形,斷長續短,方數千
里,名師數百萬,秦之號令賞罰,地形利害,天下莫
如也。"

(129) 《戰國策・秦策一》:"今秦地斷長續短,方數千里,名
師數百萬,秦國號令賞罰,地形利害,天下莫如也。"

(130) 《荀子・禮論》:"禮者、斷長續短,損有餘,益不足,
達愛敬之文,而滋成行義之美者也。"

(131) 《禮記・王制》:"西不盡流沙,南不盡衡山,東不近
東海,北不盡恆山,凡四海之內,斷長補短,方三千
里,為田八十萬億一萬億畝。"

(132) 《越絕書・越絕計倪內經》:"斷長續短,一歲再倍,其
次一倍,其次而反。"

(133) 《管子・小稱》:"是以長者斷之,短者續之,滿者溢
之,虛者實之。"

以"長"為賓語的分解義詞語只有"斷",其他的分解義詞語未見
一例,文獻裏沒有發現"分長"、"割長"等例子,可知只有"斷"

選擇長條形的對象。"斷"雖然在訓詁上與"分"、"割"相互混淆，但是從它們各自在文獻中的實際使用的不同，可知它們意義並不相同。

　　然而，有些例子裏"斷"的對象不是長條形的東西，例如：

(134)　"首"、"頭"，如《荀子‧正論》："昔者，武王伐有商，誅紂，斷其首，縣之赤旆。"《韓非子‧詭使》："夫陳善田利宅，所以戰士卒也，而斷頭裂腹，播骨乎平原野者，無宅容身，〔身〕死田(畝)〔奪〕。"

(135)　"手"，《韓非子‧內儲說上》："一曰：殷之法，棄灰於公道者斷其手。"

(136)　"腕"，如《墨子‧大取》："斷指與斷腕，利於天下相若，無擇也。死生利若，一無擇也。"

(137)　"舌"，如《史記‧游俠列傳》："解客聞，殺此生，斷其舌。"

(138)　"牛"、"羊"，如《逸周書‧世俘解》："越五日乙卯，武王乃以庶祀馘於國周廟，翼予沖子，斷牛六，斷羊二。"

這些"斷"的賓語都不是長條形物體，但我們在上文說"斷"選擇長條形的對象，這裏似乎有矛盾。要解決這個矛盾，我們需要對"長"這個特徵加以分析。

　　根據上文對 Lang(1989)的介紹，"長"描述的是物體的最大延伸度，可以用 MAX 來表示。[①]一維、二維或三維的物體量度

---

① Lang, E., *The Semantics of Dimensional Designation of Spatial Objects,* In Bierwisch, M., Lang E., eds, *Dimensional Adjectives*, Berlin: Springer-Verlag, pp. 349.

的值最高的維度即是物體的最大延伸度，"長"是形容此維度的形容詞。我們再來看"斷"的非長條形物體的賓語，"首"是從軀體延伸出來的部分，"手"是從臂延伸出來的部分，"腕"是整個手臂延伸中的一點。而長條形物體的最大延伸度是最顯要的維度，因此"斷"多搭配表示長條形物體的賓語。把"斷"分析為選擇其對象具延伸度，可以為"斷"所帶的賓語的不同類型概括在一個統一的解釋。

我們可以從"斷"的反義詞證明"斷"選擇具延伸度的對象。從上引的例子可見"斷"常與"續"相對，兩者是反義詞。"續"是填補以使中斷的東西得到延伸，例如《左傳‧文公六年》："本秩禮，續常職。"孔穎達疏："'續常職'者，職有廢闕，任賢使能，令續故常也。""續"指使中斷的職務重新延續。《淮南子‧脩務訓》："教順施續，而知能流通，由此觀之，學不可已，明矣。"高誘注："續，猶傳也。"傳遞即把知識延續。"續"是使填補以使中斷處延伸，其反義詞"斷"並不是任意的"中分"，而是表示在物體的延伸軸上分離。因此，"斷"和"分"雖然互訓，二詞的意義實不相同。

我們還可以從"斷"的派生詞比較"斷"和"分"意義的不同。"斷"和"分"都是動詞，都派生出量詞，"斷"派生"段"，"分"派生"份"。此平行引申的機制是相同的，都是由動詞性的源詞派生名詞性的派生詞，轉化為新的語法範疇。[1]"斷＞段"和"分＞份"的意義關係可以理解為"斷之為段"和"分之為份"。"段"和"份"雖然是在相同的機制下派生，但是二詞的意義應不

---

① 張博：《漢語同族詞的系統性及驗證方法》，172 頁。

相同。"段"表示線段的一部分,如《晉書・鄧遐傳》:"遐揮劍截蛟數段而去。""份"表示一個整體分離出的部分,如《百喻經・二子分財喻》:"二子隨教,於其死後分作二分。""二分"的"分"即是"份"。根據上文的分析,"斷"表示使具延伸度的物體分離,"分"表示使具完整性的物體分離,"斷"和"分"的意義的不同決定了"段"和"份"的意義的不同。"斷"的對象具延伸度,"斷"的結果"段"即是從延伸軸分出的一截,"段"仍有延伸性的物體特徵,因此"段"表示線段的一部分。"分"的對象具整體性,"分"的結果"份"即是使整體變成一個個小部分,因此"份"表示一個整體分離出的部分,而非特指線段的一部分。我們從"斷"和"分"的派生詞的差異可以證明它們的意義的不同。

"斷"跟"分"互相訓釋,並不能證明它們意義相同。它們在訓詁上的互相混淆,是由於同指異義的混淆。例如《王命論》的"始受命則白蛇分",張銑注訓"分"為"斷","斷"不是訓釋"分"的詞義,而是從另一個角度解釋"蛇"經歷的事件。詳參上文對"割"的分析。

《易・繫辭》的"斷"訓"分",並不足以表示"斷"和"分"的本義相同。《易・繫辭》的例子可跟《禮記・樂論》對照:

(139) 《易・繫辭上》:"天尊地卑,乾坤定矣。卑高以陳,貴賤位矣。動靜有常,剛柔斷矣。方以類聚,物以群分,吉凶生矣。"

(140) 《禮記・樂論》:"天尊地卑,君臣定矣。卑高已陳,貴賤位矣。動靜有常,小大殊矣。方以類聚,物以群分,則性命不同矣。"

兩段文字相近,《禮記》的"殊"對應《易·繫辭》的"斷","殊"指物體完全分離。"斷"和"分"的動作完成後,物體完全分離為兩段或兩份,二詞在這個意義上相同,但是它們的分離物體的方式並不相同。"斷"和"分"的義素可以如此分析:

(141)　　　　　＜對象＞　　　＜對象的結果＞

　　斷:使 ＋ 具延伸度的對象 ＋ 完全分離為二

　　分:使 ＋ 具整體性的對象 ＋ 完全分離為二

在"完全分離為二"的意義上,"斷"和"分"意義相同,但是如果考慮它們整體的意義,二詞並不相同。這裏區分的"對象"和"對象的結果",可以參考張聯榮對區別性義素和指稱義素的區分。區別性義素表示詞義的區別性特徵,指稱義素表示指稱對象。[①] 例如《説文》的一批與行走有關的詞語,如"趚,獨行也"、"赻,直行也"、"迤,衺行也"等,"獨"、"直"、"衺"是區別性義素,"行"是指稱義素。"趚"、"赻"、"迤"都是行走,但是行走的方式並不相同。"斷"和"分"都是表示把物體完全分離為二,但是對於所分離的對象並不相同。

　　綜上所述,"斷"和"分"在訓詁互相混淆的原因有二。其一,訓釋詞和被訓詞是同指異義,即對同一實際事件的不同角度的表述。其二,訓釋詞和被訓詞只是在各自的一部分的義素相同。但考其實,"斷"表示使具延伸度的對象分離,與"分"意義有別。

---

① 　張聯榮:《古漢語詞義論》,190 頁。

(2) "列"、"裂"

　　"裂"上古音來母月部，有訓唇音聲母的"分"、"擘"的例子。《廣雅·釋詁一》："裂，分也。"《淮南子·覽冥訓》："四極廢，九州裂。"高誘注："裂，分也。"慧琳《音義》卷六十五"摣裂"注引《字書》："裂，擘也。"《說文》："擘，㧘也。""㧘，裂也。"據此，"裂"與"擘"互訓。又"列"與"裂"通，《說文》："列，分解也。"《管子·法禁》："故下與官列法。"尹知章注："列，亦分也。"俞樾："列讀為裂，裂亦分也。列、裂古通用。"我們需要分析"裂 / 列"的意義才能跟"分"、"擘"區別。

　　前人對"裂"作出過分析。王鳳陽認為"'裂'原指撕裂布"，[1]如《左傳·昭公元年》："裂裳帛而與之。"《說苑·政理》："女子而丈夫飾者，裂其衣，斷其帶。"這只是從"裂"表示的實際行為而言，並未說出"裂"的區別性特徵。王鳳陽又認為"'裂'側重的是把紡織品用刀剪或用力從當中剪開或撕開，[……] 引申開來，凡是從中斷裂、一分為二的都可以用'裂'。"[2]據此，"裂"為"中分"，則與唇音的分解義沒有區別。我們需要深入考察"裂 / 列"表示什麼特徵的分裂，檢視上述的釋義是否準確。

　　首先，我們看"列"的古文字所反映的最早的意義。《說文》："歺，列骨之殘也。""歺"字甲骨文作"𣦵"，象殘骨之形，[3]于省吾認為甲骨文的"歺"即"列"字的初文，但認為"歺字的造字

① 　王鳳陽：《古辭辨》，518 頁。
② 　王鳳陽：《古辭辨》，521 頁。
③ 　劉國興：《新編甲骨文字典》，249 頁。

本義還不可知"。① 饒宗頤則肯定《説文》的解釋:"甲骨文歺字,以死字之作 𣧑 證之,許君'骨殘'之説實可信。"② 由此可知,"殘"是"歺"的特徵。

"裂"的本義是裁剪布帛所得的殘餘,《説文》:"裂,繒餘也。"《小雅・都人士》:"彼都人士,垂帶而厲。"鄭箋:"肇必垂厲以為飾。'厲',字當作'裂'。"③ "厲(裂)"指冠帶末的碎布條,以為垂飾,④ 與下章"匪伊垂之,帶則有餘"意義相承。⑤ "裂"由"繒餘"引申為"殘餘",《國語・齊語》:"戎士凍餒,戎車待游車之裂,戎士待陳妾之餘。"韋昭注:"裂,殘也。"《説文》:"隋,裂肉也。"段注:"裂肉,謂尸所祭之餘也。"

從"列"和"裂"的本義看,二詞的特徵是"殘餘"。我認為"裂(列)"所表示的"分解"是指"從主體分離出殘餘",驗諸文獻,下例可以為證:

(142) 《管子・五輔》:"是故博帶梨,大袂列,文繡染,刻鏤削,雕琢采。"注:"列大袂以從小。"⑥ 丁士涵、安井

---

① 于省吾:《甲骨文字釋林》,370 頁。
② 饒宗頤:〈釋紀時之奇字: 卤、暴 與 𡘋 (埶)〉,《第二屆國際中國文字學研討會論文集》,70 頁。
③ "肇裂"又與"肇厲"通,《左傳・桓公二年》:"肇厲游纓。"杜預注:"厲,大帶之垂者。"《禮記・內則》:"男肇革,女肇絲。"鄭玄注:"肇,小囊盛帨巾者,男用韋,女用繒。有飾緣之,則是肇裂與?《詩》云'垂帶而厲',紀子帛名裂繻,字雖今異,意實同也。"亦可證"厲"與"裂"通,詳參張民權:〈"厲"無"衣帶"、"交合"之義説〉,46 頁。
④ 《詩經注析》,719 頁。
⑤ 馬瑞辰:《毛詩傳箋通釋》,775 頁。
⑥ 宋翔鳳:《管子校注》,201 頁。

衡、顏昌嶢皆以"列"即"裂"。① 此謂把大袖裁為小袖。

(143) 《呂覽・愛類》："墨子聞之，自魯往，裂裳裹足，日夜
不休，十日十夜而至於郢。""裂裳"是把衣裳裁出一
部分。

(144) 《荀子・哀公》："東野畢之馬失。兩驂列，兩服入
廄。"楊倞注："'列'與'裂'同。謂外馬擘裂，中
馬牽引而入廄。"俞樾："謂兩驂斷靷而去也。""驂"
是駕車時在外兩旁的兩匹馬，"服"是居中的兩匹馬。
"兩驂列"實即說兩驂從主體分離，剩下兩服。

(145) 《莊子・天下》："後世之學者，不幸不見天地之純，古
人之大體，道術將為天下裂。""裂"指道術被多方分
離而變成殘破。

(146) 《戰國策・秦策三》："百人誠輿瓢，瓢必裂。""裂"
是指瓢分離成多個小塊。

"裂"從"分離出殘餘"，引申為"產生縫隙"，《說文》"坼，裂
也。"段注："裂者，繒餘也，因以為凡隙之偁。"例如：

(147) 《禮記・內則》："衣裳綻裂，紉箴請補綴。""裂"是
衣裳綻破。

(148) 《淮南子・覽冥訓》："君臣乖而不親，骨肉疏而不附，
植社槁而墟裂，容臺振而掩覆"

"裂"從"殘餘"引申為"縫隙"，可以與"祭：殘：際"比較互證。

---

① 參宋翔鳳：《管子校注》，202 頁；郭沫若、聞一多、許維遹：《管子集校》，155
頁；顏昌嶢：《管子校釋》，101 頁。

“祭”字甲骨文作“”，象手持血肉之形。沈兼士認為“祭”的語根是“殺”，①《左傳・昭公元年》：“周公殺管叔而蔡蔡叔。”前一“蔡”即“祭”字，與“殺”同義。由此可知“殺”與“幓”是同源詞。

“祭”孳乳為“殚”，“殚”是禽獸吃剩的殘餘，《説文》：“殀，禽獸所食餘也。”“殚”從母元部，“祭”莊母月部，從莊準旁紐，元月對轉。“殘”與“殚”通，“殘”也有“殺”義，《周禮・夏官・大司馬》：“放殺其君，則殘之。”鄭玄注：“放，逐也；殘，殺也。”

“幓”是剪裂殘碎的布帛，《説文》：“幓，殘帛也。”段注：“《廣韻》曰：‘幓縷桃花。’《類篇》曰：‘今時剪繒為華者。’按與‘碎’音義略相近。”“幓”與“裂”都可表示殘碎的布帛，故《廣雅・釋詁二》：“裂、幓，餘也。”②

“幓”又指“衣縫隙”，字亦作“縩”，《淮南子・要略》：“《氾論》者，所以箴縷縩繺之間，攕揳唲齵之郤也。”許慎注：“縩，綃煞也。”楊樹達：“‘縩’與‘幓’同。”“繺”又作“⿰糸煞”，馬宗霍認為“⿰衤殺”指衣縫，字與“⿰衤殺”通，《廣韻》：“⿰衤殺，衣衸縫也。”字本作“殺”，《召南・羔羊》：“素絲五緎。”毛傳：“緎，縫也。縫言縫殺之大小得其制。”“殺”即是“⿰衤殺”。“箴縷縩繺之間”即在縫綴衣縫。于省吾認為“縩”與“⿰糸煞”同義並列，“言縩⿰糸煞綻裂也”。③“縩”與“⿰衤殺”音近義同，猶“祭”與“殺”同出一源。

① 沈兼士：〈希殺祭古語同原考〉，《沈兼士學術論文集》，218–221 頁。

② 《廣雅疏證》，74 頁。

③ 張雙棣：《淮南子校釋》，2156 頁；何寧：《淮南子集釋》，1447–1448 頁。

"際"是兩牆相接的縫隙,《説文》:"際,壁會也。""際"、"隙"都是指"縫隙"。

總結以上詞語,"祭"、"殺"、"劕"、"隙"、"際"同出一源,核心意義是"殘破"。"隙"為"殘帛",引申為"衣縫隙",而"裂"從"繒餘"引申為"衣縫隙",兩者可以比較互證。

綜上所述,"列"、"裂"是指"從主體分離出一部分",此部分與主體相對而言即為"殘餘",由此引申其義。"列"、"裂"並非"中分"之義。

4.1.6 齒音聲母的分解義

"斯"、"析"

齒音的"析"有訓為唇音的"分"、"判"的例子,如《廣雅·釋詁一》:"析,分也。"《漢書·宣帝紀》:"析律貳端,深淺不平。"顔師古注:"析,分也。謂分破律條。"慧琳《一切經音義》卷八十七"剖析"注引《説文》:"析,判木也。""析"也訓為"中分",《漢書·司馬相如傳下》:"故有剖符之封,析圭而爵。"顔師古注引如淳曰:"析,中分也。白藏天子,青在諸侯。"如果"析"是中分,"分"、"判"也是中分,那麼就不存在唇音獨有的分解義。因此,我們需要分析"析"的具體意義。

"析"是劈開木頭,《説文》:"析,破木也。"《齊風·南山》:"析薪如之何?匪斧不克。"《小雅·小弁》:"伐木掎矣,析薪杝矣。"可證"析"是劈開木頭。"斯"也指劈開木頭,《説文》:"斯,析也。"《陳風·墓門》:"墓門有棘,斧以斯之。"毛傳:"斯,析也。""析"與"斯"意義相同,聲母相同,韻部支錫對轉,是同源詞。"斯"和"析"可能是不同方言的音轉同源詞,《方言》卷七:"斯,離也。齊陳曰斯。"不過,僅解為劈開木頭只是"析"所指稱的實際動作,我們需要找出"析"是一種表示什麼特徵的剖分。

我認為"析"是指"把對象切割變成多個小塊"。從"析"在文獻裏的使用很難看出"析"有此義,我們要通過其他方法來分析,包括:(a) 從以"析"命名的名物看"析"的特徵;(b) 從"析"與其他有訓釋關係的詞語看"析"的意義;(c) 從"析"的同源詞看"析"的名義。

(a) 從以"析"命名的名物看"析"的特徵

有些名物以"析"命名,該名物的特徵應當與"析"的特徵有一定的關係,因此我們可以通過考察以"析"命名的名物的特徵,推測"析"的特點。

例如牛胃叫做"脾析",《周禮·天官·醢人》:"饋食之豆,其實葵菹、蠃醢、脾析。"鄭玄注引鄭司農云:"脾析,牛百葉也。""脾析"又稱"膍胵"、"脾肶",《説文》:"脾,土藏也。""膍,牛百葉也。一曰鳥膍胵。""胵,鳥胃也。"《儀禮·既夕禮》:"東方之饌:四豆,脾析,蜱醢,葵菹,蠃醢。"鄭玄注:"脾讀為牌肶之牌。"《禮記·內則》:"鴇奧"鄭玄注:"奧,脾肶。""奧"也是取意於"細析",例如淘米的竹器叫做"窫",《説文》:"窫,漉米籔也。从竹,奧聲。"段注:"按《史記索隱》引《纂要》云:'窫,淅箕也。'""窫"用以析去雜質。牛百葉是牛的第三個胃瓣胃,內壁有褶成葉片狀,像切割成多片之形。古人曾經解釋為什麼瓣胃叫做"脾析",南宋程大昌《演繁露》:"脾析,牛百葉也。百葉既為牛脾,而片片分析,故云'脾

析’也。"① 清惠士奇《禮説》："析猶散也。"②《廣雅·釋器》："百
葉謂之膍胵。"王念孫："脾肶與膍胵同。膍胵、脾析，皆分析
之貌，故又謂之百葉。"③ 可證"脾析"得名於像切割為多片的特
徵。

又如旗首繫結的五色羽毛叫做"析羽"。《周禮·春官·司
常》："全羽為旞，析羽為旌。"鄭玄注："皆五采，繫之於旞旌
之上。""旞"用"全羽"，"旌"用"析羽"，孫詒讓認為"旞、
旌皆用染羽，全羽蓋謂一羽備五采，析羽則眾羽襍五采。《鄉射
禮》説'翿旌'，云'以白羽與朱羽糅'，即所謂析羽，但不具五
色耳。"④ 每根羽毛都染上五色的叫"全羽"；每根羽毛只染一色，
由眾多羽毛相雜以兼備五彩的叫"析羽"。⑤"全羽"得名於每根
羽毛顏色統一全備；"析羽"得名於五種顏色的羽毛各自分散。
又如《周禮·春官·樂師》："有帗舞，有羽舞。"鄭玄注引鄭司
農曰："帗舞者，全羽；羽舞者，析羽。"孫詒讓："析羽者，
襍眾羽也。"從散開的角度看為"析"，從聚合的角度看為"襍"。
《史記·司馬相如傳》："蒙鶡蘇。"《索隱》引孟康曰："鶡尾也。
蘇，析羽也。""蘇"即流蘇，多條析散的穗狀物，可證"析羽"
以多種顏色或多條的羽毛散開得名。

又例如虹霓叫做"析翳"，《尸子》卷下："虹霓為析翳。"
虹霓由像切割為多種顏色，故謂之"析翳"。《史記·司馬相如

---

① 程大昌：《演繁露》，《四庫全書》，卷六第二葉。

② 惠士奇：《禮説》，《四庫全書》，卷二第十三葉。

③ 王念孫：《廣雅疏證》，247 頁。

④ 孫詒讓撰；王文錦、陳玉霞點校：《周禮正義》，北京：中華書局，1987 年，
2205 頁。

⑤ 楊天宇：《周禮譯注》，上海：上海古籍出版社，2004 年，393 頁。

傳》：“拖蜺旌，靡雲旗。”《正義》引張云：“析毛羽，染以采，綴以縷為旌，有似虹蜺氣。”可證“析羽”與“析翳”雖為不同的物件，但特徵相同，皆以分散為多種色彩得名。

(b) 從“析”與其他有訓釋關係的詞語看“析”的意義

我們難以從“析”在文獻中的使用直接分析出“析”的意義，但考察與“析”有訓釋關係而其意義是確定的詞語，可以間接了解“析”的意義。所謂訓釋關係包括：一、直接的訓釋，例如我們想了解 A 的意義，有另一字 B 與之訓釋，A 與 B 意義相同或相近，我們可以從 B 的意義推求 A 的意義。二、旁見的訓釋，例如在 B 的訓釋中涉及 A，但 A 與 B 並非同義詞或近義詞。

直接説解的例子有《説文》：“削，一曰析也。”“削”是“使對象逐漸變小”，其同源詞“消”（水漸變少）、“銷”（金漸變小）的核心意義是“逐漸變小”。[1]“削”實現為具體動作，可以表示把表皮一層一層切去，《左傳・襄公二十七年》：“削而投之。”孔穎達疏：“宋公賞邑，書之於札，向戌執之以示子罕，子罕削其字，而又投之於地也。”[2]“削”是切去竹簡的表面。《禮記・曲禮上》“為天子削瓜者副之”孔穎達疏：“削，刊也。[⋯⋯] 謂先刊其皮。”“削瓜”是把瓜去皮。“切割成多個小塊”既可以是由把一個物體不斷一分為二而達成，也可以由把物體的外皮不斷削去而達成，故“析”與“削”相通。不過，“析”側重於切除出多塊外皮，“削”側重於使被切除外皮的物體體積變小，“析”、“削”所指義相同而指稱義不同。

又例如《方言》卷十三：“籭，析也。析竹謂之籭。”郭璞

---

① 王力：《同源字典》，222 頁；王寧：〈漢語詞源的探求與闡釋〉，169–170 頁。
② 《春秋左傳正義》，1225 頁。

注："今江東呼篾竹裏為笍。""笍"既析竹皮，又析去的竹皮。《説文》："笍，析竹筬也。"段注："已析之蔑為笍，人析之亦偁笍之。[……]《爾雅》：'簡，笍中。'蓋此義之引伸。肉薄好大者謂之'笍中'，如析去青皮而薄也。""笍"是把竹皮一層一層剝除，從"笍"可證"析"指把外皮不斷削去。

旁見的説解的例子有《説文》："蒸，析麻中幹也。"段注："切其皮為麻，其中莖謂之蒸。"由此可知"析"有"切皮"的意思。

(c) 從"析"的同源詞看"析"的名義

以下"析"的同源詞可以證明"析"的名義是"破散為小塊"：

1. "癰"，聲音破散，切割成小塊則對象變成破散。《説文》："癰，散聲也。"段注："《方言》：'癰，噎也。楚曰癰。'又曰：'癰，散也。東齊聲散曰癰。秦晉聲變曰癰。器破而不殊，其音亦謂之癰。'按與'斯'、'澌'字義相通。馬嘶字亦當作此。"字亦作"聲"，《説文》："聲，悲聲也。"段注："斯，析也；澌，水索也。凡同聲字多同義。"

2. "澌"，碎裂的冰。《説文》："澌，流冰也。"《楚辭·九歌》："與女游兮河之渚，流澌紛兮將來下。"王逸注："流澌，解冰也。"

3. "淅"，淘米。《説文》："淅，汰米也。"《儀禮·士喪禮》："祝淅米於堂。"鄭玄注："淅，汰也。"淘米似與"破散"無關，其實"淅"也是取意於"析去"。《説文》："潚，淅也。"段注："從簡者，束擇之意。從析者，分別之意，故二字轉注。"可證"淅"亦取意於"析"。

4.“麗”，篩子，有細孔，把碎散的物體篩出。《說文》："麗，竹器也。可以取粗去細。" 段注："《廣韻》云：'麗，盝也。' 能使麤者上存，細者盝下。麗、籭古今字也。""麗"，生母歌部；"斯"，心母支部。聲母相近，支部與歌部相差甚遠，但據文獻的異文，二詞實可相通。《漢書·司馬相如傳》引《難蜀父老》："決江疏河，灑沈澹災，東歸之於海。" 顏師古注："灑，分也。"《文選·司馬相如〈難蜀父老〉》注引蘇林云："灑或作漸。"《漢書》："釃二渠以引其河。" 孟康注："釃，分也，分其流，泄其怒也。""釃"《史記·河渠書》作"廝"。"麗"、"灑"、"釃" 同音，"斯"、"漸"、"廝" 同音，可證 "麗" 和 "斯" 聲音可通。

5.“釃”，濾酒。《說文》："釃，下酒也。" 段注："《小雅》曰：'釃酒有藇。' 又曰：'有酒湑我。' 傳曰：'以筐曰釃，以藪曰湑。' 湑，茜之也。引申為分疏之義。《溝洫志》云 '釃二渠以引河' 是也。"

6.“灑”，把水潑散，《說文》："灑，汛也。" 段注："引伸為凡散之稱。"《管子·弟子職》："凡拚之道，實水於盤，攘臂袂及肘，堂上則播灑。" 尹知章注："堂上寬，故播散而灑，室中隘，故握手為掬以攤。"《文選·郭璞〈江賦〉》："駭浪暴灑。" 李善注："灑，散也。"

7.“澌”，水盡，水不斷破散則原來的水量下降至竭盡。《說文》："澌，水索也。"《方言》："澌，索也。" 郭璞注："澌，盡也。" 又通作 "賜"，《方言》卷三："賜，盡也。"《文選·潘岳〈西征賦〉》："若循環之無賜。" 張銑注："賜，盡也。"

以上從三方面證明"析"表達的意義是"把對象切割變成多個小塊",與唇音的分解義並不相同。"析"為劈木是就具體進行的事件而言,但劈木可以從不同的角度指稱,僅言"析"為劈木並未能説明"析"所表達的概念的特點。"劈木"是"析"的外延,並非其內涵。

"析"訓為"判木",並不意味"析"表示"中分為半"。"析"和"判"只是都能指稱"劈木"這件實際進行的事件,"析,判木也"並非詞義訓釋。

"析"訓為"分"並不在於釋"析"為"中分為半",而是就"一個整體完全分離成幾個個體"的意義上以"分"釋"析"。《漢書》"析圭而爵"如淳云"析,中分也。白藏天子,青在諸侯。"這裏如淳的解釋可能是不對的。王先謙駁正説:"《周禮·大宗伯》:'以玉作六瑞,以等邦國:王執鎮圭,公執桓圭,侯執信圭,伯執躬圭。'析圭而爵,言分圭而爵之也,此蓋古語。'析',即分頒之義,非中分為二,疑如説誤。揚雄〈解嘲〉:'析人之圭。'本書顏注:'析亦分也。'不謂中分。"[1]王先謙引《周禮》解釋"析圭"很有道理,可證"析"並無"中分"義。[2]

總上所述,"析"雖然與"分"、"判"意義相近,在訓詁上有混淆,但考"析"為"切割對象成多個小塊",與"分"、"判"的詞義實不相同。

---

①　王先謙:《漢書補注》,卷五十七下第二葉,總 1185 頁。

②　王先謙以"析"為"分頒"很可能只是在文意上可以如此理解,又或者在這個語境中把"析"替換為"分頒"也能讀通文句,但這不意味"析"的詞義是"分頒",因為"析"並未見明確地表示"分頒"的例子。

4.1.7 唇塞音聲母獨有的分解義

我們把以上的分析總結如下：

"分解"義詞語語義特徵分析			
聲母類別	詞語	分解義特徵		
		對象屬性	方式	結果狀態
唇音	分判辨班別	完整整體	從中間分為兩半	完全分離
	剖副擘	有外層的整體	從中間分為兩半	不完全分離
牙音	解	由多部分結合	使結合處分離	完全分離
	刳刲	完整整體	挖	形成空腔
	割	具厚度	用工具切入	不完全分離
舌音	斷	具延伸度	在延伸軸上切割	完全分離
	列裂	完整整體	從主體分離出一部分	完全分離
齒音	斯析	完整整體	不斷切分	細小、分散

"剖"、"副"、"擘"都有"從中間分為兩半而不完全分離"的意思，"分"、"判"、"辨"、"班"、"別"都有"中分為半而完全分離"的意思，而此二義都是其他聲母的分解義詞語所沒有的。"剖"等與"判"等的共同特徵是"從中間分為兩半"，"剖"讀滂母之部，"副"讀滂母職部，"擘"讀幫母錫部，"分"讀幫母文部，"判"讀滂母元部，"辨"讀並母元部，"班"讀幫母元部，"別"讀幫母月部。這些詞語的聲母都是以唇塞音為聲母，有共同的意義特徵"從中間分為兩半"，而此義不為其他聲母的分解義

詞語所有。由此可證唇塞音聲母詞獨有"從中間分為兩半"義。這證明了聲母獨有義存在的可能性，並且對於過去學者所説的唇音多表示"分析"義作出了更仔細的釋義，加深了我們對唇音所表示的意義的理解。

第二節　跌倒義

4.2.1　訓詁的混淆

上古漢語有一些詞語有"仆倒"的意思，但是在訓詁上相當混亂。例如以"仆"為中心，"仆"跟"頓"、"僵"、"倒"、"跌"、"蹎"、"偃"、"躓"都有訓釋關係，"僵"又訓"踣"，"蹎"又訓"碩"，"碩"訓"跲"又訓"跌"，"跲"訓"倒"。《説文》："仆，頓也。""僵，頓仆也。"《説文》新附字："倒，仆也。"《淮南子・繆稱訓》："若跌而據。"高誘注："跌，仆也。"《玉篇》："蹎，仆也。""偃，仆也。"慧琳《音義》卷八十七"躓蹎"注引《廣雅》云："蹎，仆也。"

"踣"也訓"頓"，《莊子・外物》："申徒狄因以踣河。"《釋文》引李云："踣，頓也。"

"蹎"又與"跋"互訓，《説文》："蹎，跋也。""跋，蹎跋也。"

"僵"與"踣"互訓，《爾雅・釋木》："木自僵，柛。"郭璞注："僵，踣也。"《爾雅・釋言》："斃，踣也。""斃"與"僵"通。

"蹎"訓"躓"，《淮南子・人間訓》："人莫蹎於山。"高誘注："蹎，躓也。"

"躓"與"跲"互訓，又訓"跌"，《説文》："躓，跲也。""跲，躓也。"《文選》謝靈運〈還舊園作見顏范二中書〉"事躓兩如直"

李善注引《説文》曰："躓，跌也。"

"跢"訓"倒"。《玉篇》："跢，倒也。"玄應《音義》卷十三"跢地"注："跢，謂倒地之也。"

以"僵"為中心，"僵"跟"債"、"趌"、"踣"、"偃"、"蹷"都有訓釋關係。《説文》："僵，債也。""債，僵也。""趌，僵也。""踣，僵也。""偃，僵也。""蹷，僵也。"

以"仆"和"僵"為中心的兩組詞語又互相交叉。"跌"又訓"蹷"，又訓"偃"。《方言》卷十三："跌，蹷也。"郭璞注："跌，偃地也。江東言跢。""踣"又訓"倒"，《廣韻》："踣，倒也。""偃"又訓"仆"，《荀子·儒效》："偃五兵。"楊倞注："偃，仆也。"

"跌"又與"蹉"意思相近，組成並列詞組，"蹉"通作"差"，《説苑·敬慎》："對君之坐，豈不安哉？尚有差跌；一食之上，豈不美哉？尚有哽噎。""跌"又訓"差"，《荀子·王霸》："此夫過舉蹞步而覺跌千里者夫。"楊倞注："跌，差也。"

下圖總結了以上表示"跌倒"義的詞語的訓詁情況：

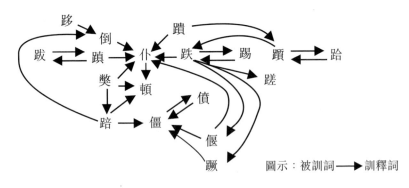

圖示：被訓詞 —▶ 訓釋詞

表 1：表示"跌倒"義的詞語的訓詁

從上圖可見這些詞語意義相近，訓詁上相當混亂，錯綜複雜。如果不加以分析它們的具體意義，這些詞語的詞義都是沒有區別的，它們的聲母分佈在唇音、喉音、牙音、舌音、齒音，也就是不存在聲母獨有的意義。可是，如果對它們的詞義進行分析，我們將能分析出唇音聲母的詞語獨有的意義。

4.2.2　唇音聲母的跌倒義

唇音聲母表示"跌倒"義的詞語"踣"、"趌"、"仆"、"斃"、"樊"、"債"獨有以下的特徵：其一，除了"債"之外，其餘都表示"向前仆倒"。其二，它們都表示"覆倒在目標上"。

(1) 向前仆倒義

"踣"和"趌"表示同一個詞，都是"向前仆倒"的意思。《説文》："趌，僵也。"段注："此與足部之'踣'音義並同。"《説文》："踣，僵也。"段注："《爾雅釋文》音'赴'，或孚豆、薄侯二反，是也。然則'踣'與'仆'音義皆同。孫炎曰：'前覆曰仆。'《左傳》正義曰：'前覆謂之踣。'對文則'僵'與'仆'別，散文則通也。"

"仆"也是"向前仆倒"的意思。《説文》："仆，頓也。"段注："頓者，下首也。以首叩地謂之頓首。引伸為前覆之辭。《左氏音義》引孫炎曰：'前覆曰仆。'玄應三引《説文》：'仆，頓也。謂前覆也。''僵'謂卻僵，'仆'謂前覆，蓋演《説文》者語。若《論語》注云'僵，仆也'，則渾言不別矣。"

"斃"，今義為"死"，考其本義當是"向前倒下"。《爾雅·釋言》："斃，踣也。"郭璞注："前覆。"刑昺疏："'斃'又謂之'踣'，皆前覆也。"《左傳·定公八年》："陽州人出，顏高

奪人弱弓，籍丘子鉏擊之，與一人俱斃。偃，且射子鉏，中頰，
殪。"顏高被籍丘子鉏擊打而"斃"，隨即"偃"，"斃"和"偃"
相對，"偃"是"仆倒而臉朝上"，《説文》："偃，僵也。"段注：
"凡仰仆曰'偃'。"《墨子·備穴》："令陶者為月明，長二尺五
寸六圍，中判之，合而施之穴中，偃一，覆一。""偃"指把一
半瓦寶朝上，"覆"指把一半瓦寶朝下。[1]此皆可證"偃"是"仆
倒而臉朝上"，"斃"與"偃"相對，即"仆倒而臉朝下"，與"向
前仆倒"的意義相通，因為人站立都是臉朝前，向前仆倒則臉朝
下。因此"僕"《説文》訓"頓仆"，段注："謂前覆也。人前仆若
頓首然，故曰'頓仆'。""頓"是"頭向前往下碰到地"，"頓仆"
即"頭向前往下而仆倒"。"僕"與"斃"當是表示同一詞。

　　"債"未有找到明確表示"向前仆倒"義的例子。

(2) 覆倒在目標義

　　"踣(趏)"、"仆"、"斃(僕)"、"債"的另一個共同點是"覆倒
在目標上"。我們統計了表示"跌倒"義的詞語在先秦兩漢文獻中
出現的次數，以及它們帶"目標"成分的次數。調查的詞語按照
聲母類別分為五組：(一)唇音聲母組，包括"仆"、"踣(趏)"、"債
(焚)"、"斃(僕)"；(二)喉音聲母組，包括"偃"；(三)牙音聲母
組，包括"蹶"、"跲"；(四)舌音聲母組，包括"跌"、"躓"、"蹎
(顛)"、"倒"、"頓"；(五)齒音聲母組，包括"蹉(差)"。

　　所謂"目標"成分是指這些動詞性詞語後帶賓語 X 或者介詞
詞組"於 X"，表示跌倒所在的處所。例如《史記·項羽本紀》"衛
士仆地"的"地"和《左傳·隱公三年》"鄭伯之車債於濟"的"於

①　周才珠、齊瑞端：《墨子全譯》，669 頁。

濟"。調查"目標"成分的原因是因為"唇音 —— 跌倒義"詞語和"非唇音 —— 跌倒義"詞語在是否帶"目標"成分上在先秦文獻中具有截然的分別。我們在第三章已經論證過詞語在搭配上的表現反映了詞義上的特點。通過句子成分之間的共現與否,我們可以分析出無法透過古代訓詁和一般的詞義方法(如分析本義、引申義、詞源義等方法)分析出的詞義特徵。通過唇音詞在搭配上的獨特性,我們可以確定唇音所獨有的意義。

下表列出了統計的結果(詞語後的括號( )內是通假字):

表一:"跌倒"義的詞語帶"目標"的次數的統計							
聲母類別	詞語	先秦		西漢		東漢	
		V+LOC	V+於+LOC	V+LOC	V+於+LOC	V+LOC	V+於+LOC
唇音	仆	0	0	4	1	3	0
	踣(趵)	1	0	0	0	0	0
	僨(焚)	0	2	0	1	0	1
	斃(獘)	0	2	0	0	0	0
喉音	偃	0	0	0	0	0	0
牙音	蹶	0	0	0	0	0	0
	跆	0	0	0	0	0	0
	僵	0	0	0	0	2	0
舌音	跌	0	0	0	0	0	0
	躓	0	0	0	0	0	0
	蹎(顛)	0	0	0	0	0	0
	倒	0	0	0	0	1	0
	頓	0	0	0	2	0	0
	躓	0	0	0	0	0	0
齒音	蹉(差)	0	0	0	0	0	0

　　從上表可見，除了"頓"之外，唯有唇音聲母的詞語"仆"、
踣(趙)"、"僨(焚)""斃(獘)"才有帶"目標"成分的例子，其他
非唇音聲母的詞語則未有找到一個例子。"頓＋於＋處所"的例
只有一個：

(149)　《新語·資質》："仆於嵬崔之山，頓於窅冥之溪。"

在這個句子"頓"與"仆"對文，出現在對仗句，在散文裏未有
找到表示"跌倒"的"頓"後帶"處所"或"於＋處所"的例子，
但"唇音——跌倒義"詞語後帶"處所"或"於＋處所"都是出
現在散文，例子見下文。因此，這裏的"頓"帶"於＋處所"應
當視為例外，可能是出於對仗句的要求而造成"頓"帶"於＋處
所"。

　　還有一個例子，"頓"後也出現"於＋處所"：

(150)　《六韜·戰騎》："往而無以返，入而無以出，是謂陷於
　　　　天井，頓於地穴，此騎之死地也。"

但此例的"頓"應否解釋為"跌倒"值得斟酌。"頓"與"陷"對
文，當是指"下墜"，《國語·魯語上》："陷而不振。"韋昭注：
"陷，墜也。"《戰國策·燕策二》："以臣為不頓命。"鮑彪注：
"頓，猶墜。"此"頓"當是《說文》"廢，屋頓也"的"頓"，釋
為"下墜"、"下塌"，《左傳·定公三年》："〔邾子〕滋怒，自投
於牀，廢於鑪炭，爛，遂卒。"杜預注："廢，隋也。""隋"
與"墮"通。我們可以從引申義證明"廢"和"頓"意義相近，與
"仆"等意義不同。

　　"廢"和"頓"有"停止"義，如《禮記·中庸》："君子遵道

而行，半塗而廢，吾弗能已矣。”鄭玄注：“廢，猶罷止也。”
《爾雅·釋詁下》：“廢，止也。”可證“廢”有“止”義。《漢書·
李廣傳》：“而廣行無部曲行陳，就善水草頓舍，人人自便。”顏
師古注：“頓，止也。”《後漢書·耿弇傳》：“若先攻西安，不
卒下，頓兵堅城，死傷必多。”可證“頓”有“止”義。

　　“廢”和“頓”又從“停止”義引申為“放置”義，如《公羊傳·
宣公八年》：“其言萬入去籥何？去其有聲者，廢其無聲者，存
其心焉爾。”何休注：“廢，置也。置者，不去也。”《三國志·
魏志·高句麗傳》：“女父母乃聽使就小屋中宿，傍頓錢帛，至生
子已長大，乃將婦歸家。”

　　“頓”本義是“以首叩地”，《說文》：“頓，下首也。”引申
為“沿着由上至下的軌跡移動”（詳見下文）。把東西放下不動則
為停止、放置，因此“頓”能夠引申出“停止”義、“放置”義。

　　撇除“頓於窅冥之溪”這個例外，在我們的調查文獻中，“非
唇音──跌倒義”詞語都沒有帶“目標”成分在動詞之後，獨有
“唇音──跌倒義”詞語出現“動詞＋(於)＋目標處所”的組合。

　　在先秦至西漢的文獻中，只有“唇音──跌倒義”搭配“目
標”成分。這些例子分為兩類。第一類是動詞後直接帶表示“目
標”的賓語：

(151)　《莊子·外物》：“湯與務光，務光怒之，紀他聞之，
　　　　帥弟子而踆於窾水，諸侯弔之，三年，申徒狄因以踣
　　　　河。”

(152)　《韓詩外傳》卷八：“曾子有過，曾皙引杖擊之。仆
　　　　地，有間乃蘇。”

(153) 《説苑‧建本》：“曾子芸瓜而誤斬其根，曾晢怒，援大杖擊之，曾子<u>仆地</u>。”

(154) 《史記‧項羽本紀》：“交戟之衛士欲止不內，樊噲側其盾以撞，衛士<u>仆地</u>。”

(155) 《孔叢子‧答問》：“由乃（什也）〔<u>仆地</u>〕，氣絕而不能興。”

第二類是動詞後帶介詞“於”和“目標”組成的短語：

(156) 《左傳‧隱公三年》：“鄭伯之車<u>僨於濟</u>。”

(157) 《左傳‧昭公十三年》：“牛雖瘠，<u>僨於豚上</u>，其畏不死？”

(158) 《左傳‧成公二年》：“射其左，越於車下。射其右，<u>斃於車中</u>。”

(159) 《左傳‧哀公二年》：“鄭人擊簡子中肩，<u>斃於車中</u>，獲其蠭旗。”

(160) 《史記‧扁鵲倉公列傳》：“至春，豎奉劍從王之廁，王去，豎後，王令人召之，即<u>仆於廁</u>，嘔血死。”

東漢文獻開始出現“非唇音——跌倒義”詞語搭配“目標”成分的例子，雖然數量甚少。其中包括：其一是“僵地”，僅找到兩例：

(161) 《漢書‧五行志》：“哀帝建平三年，零陵有樹<u>僵地</u>，圍丈六尺，長十丈七尺。”

(162) 《前漢紀‧孝哀皇帝紀下》：“仰天大呼，因<u>僵地</u>，絕咽而死。”

其二是"倒地"，僅找到一例：

(163) 《焦氏易林・乾之》："空拳握手，倒地更起。"

"僵"和"倒"搭配"地"應當是後起的用法。在先秦兩漢文獻未見"僵"帶"地"為賓語的。

有一個例子是由於訛字而造成"非唇音 —— 跌倒義"詞語帶"目標"成分。《列子・湯問》："時黑卵之醉偃於牖下，自頸至腰三斬之。""偃"後帶動作發生的目標地，似乎是我們的結論的反例。其實這裏有訛字的問題，"偃於"當作"偃臥"。楊伯峻説："案《書鈔》一二二、《事類賦》十三、《御覽》三四四並作'偃臥牖下'，以上文'偃臥其妻之機下'例之，則作'偃臥'者是也。""偃臥"不只一見，《列子・湯問》："紀昌歸，偃臥其妻之機下，以目承牽挺。"《風俗通義・嘉號》："〔鹿車〕或云樂車，乘牛馬者，到斬飲飼達曙，今乘者雖為勞極，然入傳舍，偃臥無憂，故曰樂車。"與"偃臥"義近的有"偃寢"，《呂覽・古樂》："乃令鱓先為樂倡，鱓乃偃寢，以其尾鼓其腹，其音英英。"除了《列子》由於訛字而造成的反例之外，"偃"並沒有帶"目標"的例子。

總之，在先秦至西漢較早的時期，"唇音 —— 跌倒義"的詞語帶"目標"，"非唇音 —— 跌倒義"的詞語不帶"目標"，這可能反映了兩類詞語比較早時候的差異。我認為，這種詞語搭配的差異一定程度上反映了它們在詞義上的差異。"唇音 —— 跌倒義"詞語獨有"覆倒在目標"的意義。當"唇音 —— 跌倒義"詞語在句子上不顯現目標時，隱含"覆倒在地"的意思，例如：

(164) 《大戴禮記‧曾子制言中》："天下無道，循道而行，衡
　　　塗而債，手足不揜，四支不被。"

　　總之，根據只有"唇音——跌倒義"詞語搭配"目標"成分，
我認為"唇音——跌倒義"詞語獨有"覆倒在目標"義。接下來
我們將分析"非唇音——跌倒義"的詞語的具體意義，最後結合
各個詞語的詞義分析和搭配表現，以確定"覆倒在目標"是否是
唇音聲母詞語獨有的意義。

4.2.3　喉音聲母的跌倒義

　　"偃"，上古音影母元部，故訓有訓為"仆"的例子，如《論
語‧顏淵》："君子之德風，小人之德草。草上之風，必偃。"《集
解》引孔曰："偃，仆也。"

　　雖然"偃"訓為"仆"，但是"仆"和"偃"在詞義上是有分
別的。第一，"仆"是向前而臉朝下地倒下，"偃"是向後而臉朝
上地倒下。例如段玉裁説："凡仰仆曰偃。引申為凡仰之偁。"[①]
朱駿聲説："前覆曰仆，後仰曰偃。"[②]"伏而覆曰仆，仰而倒曰
偃。"[③]王念孫説："《吳越春秋》云：'迎風則偃，背風則仆。'
仆是前覆，偃是卻倒。"[④]現代學者多繼承清人的説法，例如王鳳
陽説："'偃'與'仰'同源，所以特指時，'偃'則表示向後仰
倒或臉朝上倒臥。"[⑤]黃金貴説："仆是前覆，偃是卻倒。"[⑥]自

---

①　見《説文解字注》"偃"字注釋。

②　見《説文通訓定聲》"仆"字注釋，376 頁。

③　見《説文通訓定聲》"偃"字注釋，711 頁。

④　見《廣雅‧釋詁四》"偃、仆，僵也"條疏證，117 頁。

⑤　《古辭辨》，815 頁。

⑥　《古代文化詞義集類辨考》，623 頁。

清人以來，學者一致認為"仆"是向前而臉朝下地倒下，"偃"是向後而臉朝上地倒下。王鳳陽認為"偃"和"仰"是同源詞，上古音"偃"讀影母元部，"仰"讀疑母陽部，聲母屬旁紐，韻部屬元陽通轉。

第二，"仆"是大物、硬物直挺地倒下，"偃"是小物、柔物柔軟地倒下。黃金貴觀察到："［仆］一般用於大物、硬物，也是整物直挺倒下。"[1]"［偃］一般用於小物、柔物，如草、禾之類。"[2]

我們不僅考慮"仆"，也把"唇音——跌倒義"詞語"踣"、"斃（獘）"、"僨"納入比較，以確定"偃"的語義特徵。比較方法是調查它們有什麼獨有的和共有的當事，當事即"與某一狀態或某一變化相聯繫的主體"。[3]根據我們的調查，"唇音——跌倒義"詞語和"偃"的當事有三類：[4]

一、只有"唇音——跌倒義"詞語才有的當事，包括"柱梁"、"樹木"、"木表"、"牛"、"車"：

(165)《説苑・談叢》："蠹蠊<u>仆</u>柱梁，蚊宝走牛羊。"

(166)《新語・資質》："夫梗柟豫章、天下之名木，［……］立則為太山眾木之宗，<u>仆</u>則為萬世之用。"

(167)《左傳・哀公十二年》："長木之<u>斃</u>，無不摽也。"

(168)《史記・司馬穰苴列傳》："穰苴則<u>仆</u>表決漏，入，行軍勒兵，申明約束。"

---

① 《古代文化詞義集類辨考》，621頁。
② 《古代文化詞義集類辨考》，623頁。
③ 《〈莊子〉動詞配價研究》，11頁。
④ 以下例子下劃者為動詞，粗體者為動詞的當事。

(169)　《呂覽‧慎小》："明日有人〔能〕<u>僨</u>南門之外表者，仕
　　　長大夫。"

(170)　《左傳‧昭公十三年》："牛雖瘠，<u>僨</u>於豚上，其畏不
　　　死？"

(171)　《左傳‧隱公三年》："庚戌，鄭伯之車<u>僨</u>於濟。"

二、只有"偃"才有的當事，包括"禾"、"草"：

(172)　《尚書‧金縢》："天大雷電以風，禾盡<u>偃</u>，大木斯拔。"

(173)　《論語‧顏淵》："君子之德風，小人之德草。草上之
　　　風，必<u>偃</u>。"

三、"脣音——跌倒義"詞語和"偃"都有的當事，包括"人"和
"旌旗"：

(174)　《左傳‧定公八年》："陽州人出，顏高奪人弱弓，籍丘
　　　子鉏擊之，與一人俱<u>斃</u>。<u>偃</u>，且射子鉏，中頰，殪。"

(175)　《呂覽‧召類》："賢主之舉也，豈必旗<u>僨</u>將<u>斃</u>而乃知勝
　　　敗哉？"

(176)　《儀禮‧鄉射禮》："坐，東面<u>偃</u>旌，興而俟。""獲者
　　　坐而獲，舉旌以宮，<u>偃</u>旌以商；獲而未釋獲。"

我們從上面的比較可以得出兩點結論。其一，"脣音——跌倒
義"詞語獨有的當事都是典型的大物、硬物，例如"柱梁"、"樹
木"、"木表"、"牛"、"車"。喉音的"偃"獨有的當事都是典型
的小物、軟物的當事，例如"禾"、"草"。"脣音——跌倒義"詞
語和"偃"共有的當事，例如"人"、"旌旗"，都不能歸入典型的

"大 / 小"或"硬 / 軟"的類別。

其二，"唇音——跌倒義"詞語和"偃"配搭共有的當事時，意義有微別。例如《左傳·定公八年》的"斃"是臉朝下地仆倒，"偃"是臉上地仆倒，上文已經作出分析。《呂覽》的"旗債"和《儀禮》的"偃旆"意義很相近，《儀禮》鄭玄注就説："偃，猶仆也。"由於資料不足，我們暫時未能很確定地指出兩者有沒有什麼差別。[①] 但鄭玄説"偃猶仆也"只是以"仆"比擬"偃"，"仆"並非與"偃"完全同義。根據上文的分析，"唇音——跌倒義"詞語獨有"覆倒在目標"的意義，我們推測"旗債"表示旌旗倒在地上，形容戰敗的景象；"偃旆"只是放下旗子，不高舉旗子，而不是旗子倒在地上。不過，要絕對確定兩者的差別，還需要更多的資料。

總的來説，"唇音——跌倒義"詞語和喉音的"偃"有兩點區別。其一，"唇音——跌倒義"詞語是向前而臉朝下地仆倒，"偃"是向後而臉朝上地仆倒。其二，"唇音——跌倒義"詞語獨表大物、硬物直挺倒下，"偃"獨表小物、軟物柔軟倒下。

其實，第二點可能才是"偃"本質上的特徵。"偃"有"彎曲"之義，理由有三。第一，"偃"有表示"彎曲"的實例，橫臥形的半弦月叫做"偃月"，《太平御覽》卷四引京房《易飛候》："正女有偃月，必有嘉主。"如半弦月之形的額骨也叫做"偃月"，

---

① 《儀禮》的例子中可以分析"偃"的線索有與之對文的"舉"，可是"踣"也有與"舉"對文的例子，如《呂覽·行論》："詩曰：'將欲毀之，必重累之；將欲踣之，必高舉之。'"因此我們不能用對文的"舉"來分析"偃"的詞義再跟"唇音－跌倒義"詞語加以比較。

《戰國策・中山策》：“若乃其眉目准頞權衡，犀角偃月，彼乃帝王之后，非諸侯之姬也。”上博簡五《君子為禮》簡七：“身毋 䑏，毋倩。”張光裕認為“䑏”讀為“偃”，“倩”讀為“靜”，①身宜正直，故云‘毋偃毋靜’。”②此“偃”不是整個人臥倒，而只是身體彎曲不直。

第二，與“偃”同聲的“躽”是身體向前彎曲，《廣韻》：“躽，身向前也。”《集韻》：“躽，傿也，曲身也。”《本草綱目・石三・礜石》附方：“小兒胎寒，躽啼發癇。”“偃”和“躽”當是同源詞。“偃”和“躽”的共同特徵是“彎曲”，但“躽”是“向前”而不是“向後”。

第三，如果“偃”的原義是“彎曲”，則可解釋為什麼“偃”專表示小物、軟物柔軟倒下，而不表示大物、硬物挺直倒下。物件柔軟方能彎曲，因此使直木變成彎曲叫做“輮（楺、揉）”，《荀子・勸學》：“木直中繩，輮以為輪，其曲中規。”“輮”與“柔”同源。又曲木叫做“橈”，柔弱叫做“嬈”。《説文》：“橈，曲木也。”《廣雅》：“嬈，弱也。”“橈”與“嬈”同源。“輮：柔”和“橈：嬈”比較互證，證明“彎曲”和“柔軟”意義相關。

---

① “倩”字蘇建洲、范麗梅認為應讀為“傾”，參蘇建洲：〈《君子為禮》簡七字詞考釋二則〉，復旦大學出土文獻與古文字研究中心網站，2009 年 11 月 26 日，http://www.guwenzi.com/srcshow.asp?src_id=998#_ednref2；范麗梅：〈楚簡文字零釋〉，復旦大學出土文獻與古文字研究中心網站，2010 年 7 月 21 日，http://www.gwz.fudan.edu.cn/SrcShow.asp?Src_ID=1221。“倩”的釋讀與本文沒有直接關係，因此正文只引用張光裕的釋讀。

② 馬承源主編：《上海博物館藏戰國楚竹書（五）》，上海：上海古籍出版社，2005 年，259 頁。按：“倩”字蘇建洲認為應讀為“傾”，參蘇建洲：〈《君子為禮》簡七字詞考釋二則〉，2009 年 11 月 26 日，http://www.guwenzi.com/srcshow.asp?src_id=998#_ednref2。“倩”的釋讀與本文沒有直接關係，因此正文只引用張光裕的釋讀。

　　"偃"可能本指"彎曲"，身體彎曲則成臥倒之形，因此"偃"在這個情境下有"倒下"之意。

　　王鳳陽認為"偃"和"仰"同源，我認為還欠缺充分的論據。王鳳陽表示："'偃'泛指時表示倒臥或倒臥狀態，[……]'偃'與'仰'同源，所以特指時，'偃'則表示向後仰倒或臉朝上倒臥。"[①]"偃"為"仰"。《孫子・九地》："令發之日，士卒坐者涕霑襟，偃臥者涕交頤。""偃"之為"仰"，不一定是詞義的最初義。"偃"表示"臉朝上地仆倒"，有兩個可能的來源：第一，"偃"可能最初只是表示"躺下"，人躺下的典型姿態是臉朝上，在這個環境下"偃"得到了"仰臉"之義。第二，"偃"與"側"相對，例如《管子・勢》："獸厭走，而有伏網罟。一偃一側，不然不得。"《淮南子・要略》："誠喻至意，則有以傾側偃仰世俗之間，而无傷乎讒賊螫毒者也。""偃臥"、"偃寢"之為"仰睡"，是與"側睡"相對。"偃"與"側"相對時，"偃"得到了"向上仰"之義。總之，"偃"與"仰"是否同源，需要更多的證據才能證明。

4.2.4　牙音聲母的跌倒義

　　"牙音 —— 跌倒義"詞語包括"蹷"、"跲"、"僵"。接下來將逐一分析它們的具體意義。

(1)"蹷"

　　"蹷"有"跌倒"義，如《呂覽・貴直》："狐援聞而蹷往過之。"注："蹷，顛蹷也。"〈慎小〉："人之情，不蹷於山，而

---

①　《古辭辨》，815頁。

蹶於垤。"注："蹷躓，顛頓也。""蹶"的同源詞有"鼺"，一種前足短後足長的獸，《説文》："鼺，鼠也。一曰西方有獸，前足短，與蛩蛩、巨虚比，其名謂之鼺。"字亦作"蹶"，《呂覽・不廣》："北方有獸，名曰蹶，鼠前而兔後，趨則跲，走則顛。""蹶"《説苑・復恩》、《淮南子・道應訓》作"蹷"。"鼺"行走時前足短後足長，像跌倒的樣子，故得名於"蹶"。

"蹶"有"跌倒"義，王鳳陽認為"蹶"多指"受絆而跌倒"，[①]如：

> (177)《呂覽・慎小》："人之情，不蹶於山，而蹶於垤。"

王鳳陽的説法有一定的根據，請比較：

> (178)《韓非子・六反》："故先聖有諺曰：'不躓於山，而躓於垤。'"

"蹶"與"躓"出現在相同的文句中的相同位置，似乎被當作是同義詞而互換，"躓"指"因腳受阻礙而倒下"（見下文）。不過，在我們收集的資料中，"蹶"表示"絆倒"只有此例，"蹶"和"躓"互換也可能只是由於兩者在"倒下"義上相同，還不足以充分證明"蹶"專指"絆倒"。

我們嘗試從"蹶"的詞源看其語義特徵。前人關於"蹶"的語源義四種意見：

第一種意見是章太炎認為"蹶"孳乳自"越"，"越"即"逾過、跨過"。

---

① 《古辭辨》，815頁。

第二種意見是藤堂明保認為"蹶"指"腳陷入石頭凹下成 コ形的空隙而絆倒"，所屬的詞族的基本義是"挖出 コ 形"，同源詞有"抉"（挖）、"缺"（凵形的缺口）、"闕"（凵形的城牆）、"欮"（身體屈成 コ 形）等。[①]

第三種意見是宿愛雲認為"蹶"得意於"拳曲"，因為人摔倒時其腿呈拳曲狀，同源詞有"蕨"（一種拳曲狀的蔬菜）、"撅"（使物件彎曲且折斷）、"噘"（嘴翹起呈彎曲狀）、"劂"（雕刻所使用的彎刀）。[②]

第四種意見是王鳳陽認為"蹶"可能源於"僵"，不過他沒有提出證明。[③]

由於我們對於"蹶"的資料並不足以判斷"蹶"的詞源義是什麼，未能確定哪個説法正確。現在我們能夠知道的信息，只有"蹶"與"躓"意義似乎相近，雖然這點不確定，但我們暫時把"蹶"與"躓"看作意義相近，將來需要更多資料作進一步的研究。

(2)"跲"

"跲"有"跌倒"義，專指"因腳受絆而倒下"，《説文》："跲，躓也。"因此引申為"受到窒礙"，如《禮記・中庸》："言前定則不跲，事前定則不困，行前定則不疚，道前定則不窮。"鄭玄注："跲，躓也。"《論衡・物勢》："或詘弱綴跲，蹠塞不比者為負。"這是指辯論時受到窒礙。

---

① 《漢字語源辭典》，631–638 頁。

② 宿愛雲：《〈齊民要術〉農作物名物詞研究》，廣西師範大學碩士學位論文，2003年，35–36 頁。

③ 《古辭辨》，815 頁。

　　“踥”在先秦兩漢文獻中只見兩次，因此未能作出詳細分析。“踥”的詞源亦不詳。要之，“踥”與唇音的跌倒義意義不相同，其義為“腳受絆而倒下”。

(3) “僵”

　　“僵”與唇音的跌倒義也有相混。《説文》：“僵，偃也。”段注：“小徐及《爾雅釋文》皆作‘偃’，大徐作‘僨’，非是。玄應引‘僵，卻偃也。仆，前覆也。’按‘僵’謂仰倒，如《莊子》‘推而僵之’、《漢書》‘觸寶瑟僵’皆是。今人語言乃謂不動不歹為‘僵’，《廣韻》作‘殭’，死不歹也。”

　　“僵”有訓為“偃”的例子，例如《呂覽·貴卒》：“管仲扞弓射公子小白，中鉤。鮑叔御，公子小白僵。管子以為小白死。”高誘注：“僵猶偃也。”

　　“僵”有表示“仰臥”的用法，《莊子·則陽》：“至齊，見辜人焉，推而強之，解朝服而幕之。”“強”字《釋文》云亦作“彊”，《玉篇》引作“僵”，倒臥。成玄英疏：“忽見罪人，刑戮而死，於是推而彊之，令其正臥。”人臉朝上而臥為“正臥”。

　　綜合以上詞義，“僵”是“向後倒”，與唇音的跌倒義並不相同。

4.2.5 舌音聲母的跌倒義

　　“舌音——跌倒義”詞語包括“跌”、“躓”、“蹎（顛）”、“倒”、“頓”、“躓”。接下來將逐一分析它們的具體意義。

(1) “跌”

　　“跌”的本義是“跌倒”，有訓為“仆”的例子。《淮南子·繆

稱訓》："故若眯而撫，若跌而據。""跌"與"仆"在這條訓詁
裏被當作同義詞，可是通過考察"跌"的名義以找出"跌"的得
義理據，"跌"和"仆"意義上實有區別。

　　"跌"的得義理據是"腳與地不相值"、"腳失去依據"，即所
謂"失足"。陸宗達先生認為"對於不能保持原來的位置，狀態發
生了變化的情況叫做'跌'。"①《漢書·鼂錯傳》："跌而不振。"
顏師古注："跌，足失據也。"是其證。下列同源詞也可以為證：

(179)　"失"，《說文》："縱也。"段注："在手而逸去為
　　　　失。""失"為"手失去所據物"。

(180)　"佚"，《說文》："佚民也。""佚民"為"脫身於世俗
　　　　之民"。

(181)　"胅"，《說文》："骨差也。讀與跌同。"陸宗達先生認
　　　　為"骨差"指"骨節脫榫"，②也有"不相值"之義。

(182)　"軼"，《說文》："車相出也。""軼"為"超車"，段注：
　　　　"車之後者，突出於前也。""軼"得義於"車的位置不
　　　　相值"。

　　"跌"也可跟"差(蹉)"比較互證。"失足"叫做"差"，"跌"
與"差"同義連文，《說苑·敬慎》："對君之坐，豈不安哉？尚
有差跌；一食之上，豈不美哉？尚有哽噎。""跌"與"差"同義
對文，《新書·容經》："胻不差而足不跌，視平衡曰經坐。"表
示"失足"的"差"字亦作"蹉"。《漢書·朱博傳》："常戰栗不
敢蹉跌。"《禮記·曲禮上》"連步以上"鄭玄注："重蹉跌也。"

①　陸宗達：〈"尉劍挺"解〉，《陸宗達語言學論文集》，395頁。
②　陸宗達：〈"尉劍挺"解〉，《陸宗達語言學論文集》，395頁。

　　表示"失足"的"差(蹉)",其得義理據是"不相值"。《説文》:"差,貳也,左不相值也。"徐鍇:"左於事,是不當值也。""蹉"的名義為"不相值",以下同源詞可以為證:

(183)　"瑳",《説文》:"衺斫也。""瑳"為"斜砍",即不是一刀直下地砍,而是有偏差地砍。《國語・魯語》"山不瑳蘗。"《文選・西京賦》李善注引賈逵解詁曰:"瑳,邪斫也。"段注:"按賈云衺斫者,於字從'差'得之。""瑳"得義於"差",有以下例子證明,《淮南子・本經訓》:"衣無隅差之削。"高誘注:"隅,角也。差,邪也。古者質,皆全幅為衣裳,無有邪角。邪角,削殺也。"可證"差"有"斜"義,"瑳"為"斜砍",得義於"差"。

(184)　"磋",《衞風・淇奧》:"如切如磋,如琢如磨。""磋"為"磨治象牙",在象牙表面反覆來回移動,也有"不相值"之義。

(185)　"縒",《説文》:"參縒也。"段注:"此曰'參差',木部曰'槮差',竹部曰'篸差',又曰'參差,管樂',皆長短不齊皃也。""縒"也有"不齊等"之義。

(186)　"齹",《説文》:"齒參差。""齹"為"牙齒參差不齊"。

(187)　"瘥",《説文》:"瘉也。""瘥"為"病瘉",即與疾病狀態不相值、超過了生病的狀態。

由此可證"差"的得義理據是"不相值"。"跌"和"蹉"意義相同,因為得義理據同為"腳與地不相值"、"腳失去依據"。

"跌"為"失足"，引申指"誤差"，《荀子·王霸》："此夫過舉蹞步而覺跌千里者夫。"楊倞注："跌，差也。""覺"也有"誤差"義，參俞樾《諸子平議》和蔣禮鴻《義府續貂》。[①]《文選》張衡〈思玄賦〉："遵繩墨而不跌。"李善注："《楚詞》曰：'遵繩墨而不頗。'《廣雅》曰：'跌，差也。'"字亦作"軼"，《周禮·秋官·司刺》："再宥曰過失。"鄭玄注："過失，若舉刃欲斫伐而軼中人者。""軼中人"即"誤中人"。失足謂之"跌"，誤差謂之"跌"；猶失足謂之"蹉"，誤差謂之"差"，可證"跌"與"蹉"意義相同，均得義於"腳與地不相值"。

以上通過考察"跌"的名義，可知"跌"雖然訓為"仆"，二詞的意義並不相同。"跌"是"因失足而倒下"，"仆"是"向前倒在目標"，在泛指"跌倒"時混言不別，細究則具體意義並不相同。

(2)"躓"、"蹟"

"躓"字又作"疐"。《説文》"疐"字段注："以《大學》'懥'亦作'懫'推之，則'疐'即'躓'字，音義皆同。"《説文》"疐"字引《詩》曰：'載疐其尾。'""躓"字引作《詩》曰：'載躓其尾。'"可知"疐"與"躓"表示同一詞。

"疐"有訓"仆"的例子。《爾雅·釋言》："疐，仆也。""疐"訓"仆"，在訓釋中被當作是同義詞。然考"疐(躓)"的用法，"疐(躓)"的詞義實與"仆"有別。

"疐(躓)"是"因腳受阻礙而倒下"。《左傳·宣公十五年》："〔魏〕顆見老人結草以亢杜回，杜回躓而顛，故獲之。"這是

---

① 　蔣禮鴻：《義府續貂》，61–64頁。

説老人把草打成結把杜回絆倒在地，楊伯峻説："躓音致，又音質，謂行時足遇阻礙而觸之也。"①《列子·説符》："其行足躓株埳。"注："躓，礙也。"可證"躓"指腳受阻礙。又《説文》："疐，礙不行也。"《豳風·狼跋》："狼跋其胡，載疐其尾。""疐"指踐踏其尾而不能後退，有腳受到阻礙之意。由此可證"躓"專指腳受阻礙，故由於腳受阻礙而仆倒也叫做"躓"。下列同源詞可以為證：

1. "桎"是拘束犯人的腳的木鐐。《説文》："桎，足械也。"徐鍇認為："桎之言躓也。躓，礙之也。""躓"是使腳受阻礙，"桎"是腳鐐，也是用作使腳受阻礙，二詞是同源詞。"桎"與"執"也當是同源詞，"執"甲骨文作"𡘈"，徐中舒："象人兩手加梏之形。"②加於手的手銬與加於腳的木鐐都是用以阻礙人自由地活動，"桎"與"執"當是同源詞。③春秋衛國有公孟縶者，得名於他一隻腳有毛病。《穀梁

---

① 楊伯峻：《春秋左傳注》，764頁。按："亢"，杜預注："亢，禦也。"楊伯峻認為杜預注不確，引《廣雅·釋詁二》："亢，遮也。"認為"此謂結草以遮攔其路。"但結合句子的結構和下文的"躓"來看，杜預説較勝。《左傳》是説"亢杜回"，"亢"的對象是杜回，不是道路，楊伯峻引《廣雅》以證"亢"有"遮"義而增字解説，並不符合《左傳》文的語法結構。"亢"即抵抗對方前進，正與下文的"躓"的意義配合，"亢杜回"指阻止杜回前進，"杜回躓而顛"指杜回因為腳受阻礙而倒地，"亢"是老人的目的，"躓"是杜回被"亢"的結果，兩者相因，若訓"亢"為"遮"則未能體現出"躓"的意義。再者，《廣雅》的訓詁也需要重新考慮，我們不能僅以《廣雅》的訓詁證明"亢"有用作"遮攔"之義。

② 徐中舒：《甲骨文字典》，成都：四川辭書出版社，1990年，1169頁。

③ "桎"從"至"聲，"至"聲讀章母質部，"執"聲讀章母緝部，聲母相同，韻部不同。然"執"聲與"至"聲相通，如"驇"與"駤"通，"摯"與"輊"通。從"執"聲的緝部字音轉為質部字，例如"摯"，上古音鄭張尚芳擬作 *tjibs，由於音變 *-ibs>*-ids，故轉作質部。

傳》：“兩足不能相過。”這是指他不能兩腳交替地行走，只能先邁一隻腳，再跟上一隻腳，有病的腳總不能邁過另一隻腳，[1]“躄”即是形容他一腳受阻礙不能前邁。

2.“挫”有阻礙、制止義。《説文》：“挫，礙止也。”段注：“《七發》曰：‘發怒挫沓。’言水初發怒，礙止而湧沸也。”因此流水盤曲處也稱為“挫”，《寰宇記》：“山曲曰盤，水曲曰挫。”流水在盤曲處不能順行，因此命名為“挫”。[2]

3.“駐”，馬不前行，字亦作“驚”。《廣雅·釋詁三》：“駐，止也。”王念孫：“驚與駐同。”[3]《史記·晉世家》：“惠公馬驚不行。”注：“馬重而陷於泥。”《説文》“樊，驚不行也”段注：“驚不行，沈滯不行也。”引申為“不通達”，《淮南子·修務訓》：“胡人有知利者，而人謂之駐。”高誘注：“駐，不通達也。”

4.“軽”，車前低後高。字亦作“墊”，《小雅·六月》：“如軽如軒。”《玉篇零卷·車部》：“車前低頓曰‘墊’，後曰‘軒’也。”毛傳：“軽，墊也。”可證“軽”和“墊”表示同一詞。“墊”為“車受阻而不前行”，《説文》：“墊，抵也。”段注：“車抵於是而不過，是曰墊。”“墊”字又作“轙”，

---

①　陸宗達：《説文解字通論》，99–100 頁。

②　“隈曲”與“不順”意義相通，故河流曲處謂之“挫”，行前不順亦謂之“挫”；猶河流曲處謂之“汭”，言不順謂之“訥”。《左傳·昭公二十四年》：“越大夫胥犴勞王於豫章之汭。”杜預注：“汭，水曲。”《説文》：“訥，言難也。”字亦作**向**，《説文》：“向，言之訥也。”段注：“其言吶吶，如不出諸其口也。”“訥”即言語出口不順。“汭”、“挫”都是流水曲處，得義理據都是“水不順行”。

③　《廣雅疏證》，94 頁。

徐鍇《繫傳》引潘岳賦"如蟄如軒"，今本作"如蹔如軒"。
字又作"轊"，見《龍龕手鏡》。①

　　以上詞語的核心意義是"受到阻礙而不能前行"。"躓"的具體意
義是"因腳受阻礙而倒下"，雖然有訓為"仆"的訓詁，但"躓"
和"仆"只是在"倒下"的意義上渾言不別，析言則"躓"的得義
理據是"腳受阻礙"。

　　因此，"躓（蹟）"帶處所介詞短語時，介詞短語表示阻礙的
處所，而不是倒下的處所，如《韓非子·六反》："故先聖有諺
曰：'不蹟於山，而蹟於垤。'"這句指人不被山絆倒，而被小土
丘絆倒，"山"和"垤"是阻礙前進的原因。"仆"帶處所介詞短
語時，介詞短語表示倒下的處所，由此也可證"躓（蹟）"和"仆"
意義不同。

　　"蹟"有訓為"仆"的例子。《玉篇》："蹟，仆也。"但"蹟"
意義實近於"躓"。在我們的調查中，"蹟"共有六例，僅見於《淮
南子》一書，"蹟"是楚方言的專用詞，②《淮南子·説山訓》"萬
人之蹟"高誘注："楚人謂'躓'為'蹟'。""蹟"是楚語，多見
於《淮南子》。通過文獻互見的比較，《淮南子》中用"蹟"的地
方，若見於先秦文獻，先秦文獻的都是用"躓"，請比較：

　　(188)　《淮南子·原道訓》："其行也，足蹟趚垤，頭抵植木而

---

① 　"躓"聲與"質"聲相通，如"轊"與"蹔"通，"躓"與"蹟"通。"躓"聲與"至"
　　也亦相通，上博簡三《周易》簡 4. 整理者釋文："訟：又孚，懥薈，中吉，冬
　　凶。"（《上博博物館藏戰國楚竹書（三）》，141 頁。）"懥薈"今本作"窒惕"，"懥"
　　與"窒"通，"懥"從"躓"聲，"窒"從"至"聲。
② 　何志華：〈《楚辭》、《淮南》、《文子》三書楚語探究——再論《淮南》《文子》兩
　　書因襲關係兼與王利器教授商榷〉，《人文中國學報》第八期，213 頁。

不自知也。”

(189)《列子·説符》：“意之所屬箸，其行足蹟株埳，頭抵植木，而不自知也。”

(190)《淮南子·人間訓》：“《堯戒》曰：‘戰戰慄慄，日慎一日。（人）莫蹟於山，而蹟於垤。’”

(191)《韓非子·六反》：“故先聖有諺曰：‘不蹟於山，而蹟於垤。’”

“蹟”的詞義當與“蹟”相同，當屬楚語。“蹟”訓“仆”只是在寬泛的意義“倒下”上相同。

(3)“蹎（顛）”

“顛”有訓為“仆”、“踣”的例子，例如《大雅·蕩》：“顛沛之揭。”毛傳：“顛，仆也。”《漢書·五行志中之上》：“高位實疾顛。”顏師古注：“顛，仆也。”《後漢書·隗囂傳》：“妻子顛殞。”李賢注：“顛，踣也。”然考“顛”的具體意義，“顛”與“仆”、“踣”意義殊異。

古人已經指出表示“倒下”的“顛”是指“從高處下墜”，如《左傳·隱公十一年》：“潁考叔取鄭伯之旗蝥弧以先登，子都自下射之，顛。”杜預注：“隊而死。”這是説從城頂墮下。《楚辭·離騷》：“日康娛而自忘兮，厥首用夫顛隕。”王逸注：“自上下曰顛。”現代學者一般都承襲此説，如王鳳陽：“作為動詞，‘顛’表示從高墜落。”[1] 這是説頭部掉落。黃金貴認為“顛”“引

---

[1]　《古辭辨》，814 頁。

申為倒下，指自高而低倒下。"①

　　不過，"顛"解作"從高處下墜"有兩個問題。第一，"顛"指"倒下"並不限於"從高處倒下"，如《論語‧季氏》："危而不持，顛而不扶。"《呂覽‧不廣》："北方有獸，名曰蹷，鼠前而兔後，趨則跲，走則顛。"這些"顛"都是指行走平路時倒下，而不是從高處下墜。《左傳‧宣公十五年》："杜回躓而顛，故獲之。""躓而顛"指腳受阻礙因而頭倒地。由此可見"顛"並不限於指"從高處倒下"。又如《尚書‧盤庚》："若顛木之有由蘖。"《後漢書‧徐稺傳》："大樹將顛，非一繩所維。""槙"是"顛"的同源詞，"槙"指"樹頂"，又指"樹木倒下"（詳見下文），也與"從高處倒下"沒有關係。第二，"顛"又引申為"顛倒"義，"顛"的"顛倒"義與"倒下"義意義相關，"顛倒"即由直立變為倒狀。如果"顛"是指"從高處下墜"，則無法解釋"顛"為何又有"上下顛倒"義，兩者難以有引申關係的聯繫，除非我們認為表示"從高處下墜"的"顛"和表示"顛倒"的"顛"是同形詞。

　　我認為"顛"和"槙"的"倒下"義是指"自頂端向下倒"，根據不同情況而有不同的理解。"自頂端向下倒"既可理解為"身體的頭部向下倒"，又可理解為"自處所的頂端下墜"。《說文》："槙，木頂也。一曰仆木也。"② 段注："頂在上而仆於地，故仍謂之'顛'、'槙'也。"段玉裁指出"顛"的具體意義是"頂在上而仆於地"，我的理解是"從頂端倒下地"。"顛"和"槙"都

---

① 《古代文化詞義集類辨考》，621 頁。

② 表示"樹木仆倒"的"槙"字亦作"柛"，《爾雅‧釋木》："木自斃，柛。"樹木自行倒地而死謂之"柛"。黃侃："'柛'即'槙'之異字。"見黃侃：《爾雅音訓》，142 頁。

是從"頂端"引申為"從頂端向下倒"，這可以與"稬"比較互證。頂端叫做"耑"，禾垂叫做"稬"。《説文》："耑，物初生之題也。""稬，禾垂兒。讀若端。"桂馥："禾垂兒者，程君瑤田曰：'稬，穎之耑也。故《説文》以為禾垂兒也。'"[①]"下垂"與"向下倒"意義相近。由此可證"頂端"可以引申為"從頂端向下倒"。物件倒下先從頂端開始倒下，頂端是感知上突顯的部分，故以"顛"指代"身體的頭部向下倒"。

"顛"又用以指代"自處所的頂端下墜"，而不是從沒有憑依的高處下墜，例如《左傳》的"子都自下射之，顛"、《離騷》的"厥首用夫顛隕"。這些表示的"下墜"的"顛"都是指從建築物或山的頂端下墜。"顛"由"自處所的頂端下墜"引申泛指"自高處下墜"，如《漢書·五行志中之上》："厥應泰山之石顛而下。"此謂石從泰山上墜下。揚雄《甘泉賦》："鬼魅不能自逕兮，半長途而下顛。"此謂鬼魅不能到達屋頂，在半途下墜。

把"顛"和"槙"的"倒下"解作"自頂端向下倒"，則可以解釋為何"顛"有時指"身體的頭部向下倒"，有時指"自處所的頂端下墜"。僅認為"顛"指"從高處墜下"不能完全解釋"顛"的不同用法。

其次，以"顛"為"自頂端向下倒"也可以解釋"顛"為何又引申出"顛倒"義。《説文》"顛，頂也"段注："顛為最上，倒之則為最下。""自頂端向下倒"和"顛倒"意義相關，都是指稱頂端的移動，頂端仍然是感知上突顯的部分，因此"自頂端向下倒"謂之"顛"，"顛倒"亦謂之"顛"。假設一根竿子有上、中、

---

① 《説文解字義證》，611 頁。

下三點，"顛"有三種可能。可能一，竿子沒有任何定點，竿子沿着中點，上點向下移動至下點的位置，這個移動即是"顛倒"。可能二，竿子沒有任何定點，竿子沿着下點一百八十度旋轉。可能三，竿子樹立在地上，下點保持不動，上點往下移動，這個移動即是"自頂端向下倒"。見下圖：

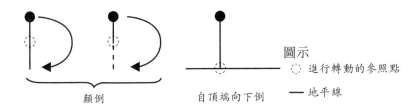

顛倒　　　　　　自頂端向下倒

圖示
⊙ 進行轉動的參照點
— 地平線

這三個動作都涉及上點向下移動，只是移動的參照點不同，但三者都是指稱頂端的移動，因此表示"頂端"的"顛"引申出"自頂端向下倒"之義，又引申出"顛倒"之義。"顛"和"倒"可以比較互證，"倒"也兼"頭在上變成在下"和"倒下地"二義（見下文），由此可證"向下倒"和"顛倒"二義相關。

　　總之，"顛"的"跌倒"義是從表示"頂端"的"顛"引申而來，其具體意義是"從頂端向下倒"，又引申為"從高處下墜"和"顛倒"。"顛"雖然有訓"仆"、訓"踣"的訓詁，"顛"的具體意義實與"仆"、"踣"並不相同。

(4)"倒"

　　"倒"有訓為"仆"的例子，如《説文》新附字："倒，仆也。"玄應《音義》卷二十"倒地"注："倒，仆也。""仆"也有訓為"倒"的例子，如《戰國策·秦策四》："頭顱僵仆。"鮑彪注："仆，倒也。"《漢書·王莽傳上》："仆其牆。"顏師古注："仆，倒也。"

然而，"倒"的本義當是"顛倒"，例如"倒植"是倒生，《莊子·外物》："艸木之到植者過半。"注："鋤拔反之更生者曰'到植'。今字作'倒'。"《尚書·武成》："前徒倒戈，攻於後，以北。""倒戈"是把戈的頭從前轉向後。《左傳·宣公二年》："狂狡輅鄭人，鄭人入於井，倒戟而出之，獲狂狡。"《齊風·東方未明》："東方未明，顛倒衣裳。顛之倒之，自公召之。""倒"在先秦文獻中都用作"顛倒"義，未有用作"仆倒"義。

"倒"用作"仆倒"是在西漢以後。"倒"用作"仆倒"有三例：

(192)　《史記·李將軍列傳》："其射，見敵急，非在數十步之內，度不中不發，發即應弦而倒。"

(193)　《史記·司馬相如列傳》引《上林賦》："弓不虛發，應聲而倒。"

(194)　《史記·儒林列傳》："景帝知太后怒而固直言無罪，乃假固利兵，下圈刺豕，正中其心，一刺，豕應手而倒。"

這些例句都見於《史記》，記載的事跡都發生於西漢時期。先秦文獻未見"倒"用作"仆倒"義的例子。

除了從"倒"的使用義在文獻中出現的時代，分辨"顛倒"義在先，"仆倒"義在後，還可以從"倒"的詞源證明。"倒"的詞源義當是"上下顛倒"，以下同源詞可以為證：

1. "𠄏"，倒懸，字亦作"佻"。《方言》卷七："佻、抗，縣也。趙魏之間曰佻，自山之東西曰抗，燕趙之郊縣物於臺之上謂之佻。"錢繹："'佻'，本或作'𠄏'。《眾經音義》卷十三云：'了𠄏，又作[糸𠄏]同，丁皎反。'引《方言》云：'𠄏，懸也。趙魏之間曰𠄏。'郭璞曰：'了𠄏，懸貌也。'是玄應所見本'佻'作'𠄏'。"《說文》："縣，弔縣也。"王延壽《王孫賦》："𠄏瓜懸而孤垂。""佻"上古音讀透母宵部，"倒"讀端母宵部，二詞聲母為旁紐，韻部為疊韻。

2. "秒"，禾穗垂下的樣子。《說文》："秒，禾芒穗也。"段注："《玉篇》云：'秒，亦懸物也。'則'秒'同《方言》之'𠄏'。[……]'𠄏'者象形字，'秒'者諧聲字。"桂馥："趙宧光曰：'樹最高枝曰"秒裏"，孤存枝葉曰"秒乾"。'是也。"[①]"秒"上古音端母宵部，與"倒"同音。

3. "釣"，懸鈎捕魚。《說文》："釣，鈎魚也。"

4. "罩"，倒覆以捕魚的器具。《說文》："罩，捕魚器也。""罩"讀端母藥部，與"倒"雙聲，韻部對轉。"卓"聲與"到"聲相通，如《小雅·甫田》："倬彼甫田"，韓詩作"菿彼甫田"，"倬"與"菿"相通。

5. "罹"，倒覆籠罩禽鳥，《說文》："覆鳥令不得飛走也。從网、隹。讀若到。"

6. "玓"，倒懸的鈎。《玉篇》："玓，時召切，倒懸

---

① 《說文解字義證》，610頁。

鈎。"䎃"從"召"聲，"召"從"刀"聲，"刀"與"倒"雙聲疊韻，同讀端母宵部。

　　7."髾"，小孩前額倒垂的頭髮。《後漢書·伏湛傳》："髾髮屬志，白首不衰。"

以上從"倒"的本義和同源詞證明了"倒"的本義當是"上下顛倒"。"倒"引申為"上下翻過來地仆倒"。"倒"雖然有"仆倒"義，兩者意義實不相同。

(5)"頓"

　　"頓"有"仆倒"之義，例如《新言·資質》："仆於嵬崔之山，頓於窅冥之溪。""頓"與"仆"對文。《漢書·陳遵傳》："遵起舞跳梁，頓仆坐上。""頓"與"仆"組成並列詞組。其次，"仆"訓為"頓"，《漢書·五行志中之下》："汝南西平遂陽鄉柱仆地。"顏師古注："仆，頓也。""頓"甚至也訓為"前覆"，玄應《音義》卷十七"頓躓"注："頓，前覆也。"根據"頓"的使用和訓詁，"仆"與"頓"意義相近。

　　然而，"頓"的本義是"頭移動向下叩地"，《説文》："頓，下首也。"《左傳·定公四年》："九頓首而坐，秦師乃出。"引申為"頭向下移動而觸地的仆倒"。胡三省説得最清楚，《資治通鑒·梁武帝天監十二年》"〔沈約〕未至牀而憑空，頓於戶下"胡三省注："踣而首先至地為'頓'。""頓"用作"仆倒"義的例子，先秦文獻僅見一例，西漢有三例：

(195)《六韜·戰騎》："往而無以返，入而無以出，是謂陷於天井，頓於地穴，此騎之死地也。"

(196) 《新語‧資質》："仆於嵬崔之山，頓於宵冥之溪。"

(197) 《新語‧本行》："及閔周室之衰微，禮義之不行也，厄挫頓仆。"

(198) 《淮南子‧道應》："北方有獸，其名曰蹶，鼠前而（菟）〔兔〕後，趨則頓，走則顛，常為蛩蛩駏驉取甘草以與之。"

從 "頓" 的義位系列看，"仆倒" 不是 "頓" 的本義。"頓" 是從 "以頭叩地" 引申出 "仆倒" 義，具體意義是 "頭往下倒的仆倒"。"頓" 的意義特徵 "移動的部分往下移動至地上"，因此 "腳往下踩地" 也叫做 "頓"，例如《戰國策‧秦策一》："出其父母懷衽之中，生未嘗見寇也，聞戰頓足徒裼，犯白刃，蹈煨炭，斷死於前者比是也。"《史記‧酷吏列傳》："其頗不得，失之旁郡國，黎來，會春，溫舒頓足歎曰：[……]。"《漢書‧楊惲傳》："頓足起舞。""頓" 與 "仆" 雖然有意義混淆的時候，但若考其具體意義實不相同。

4.2.6 齒音聲母的跌倒義

"齒音──跌倒義" 詞語有 "蹉"。"蹉" 得義於 "腳與地不相值"，分析請參上文。

4.2.7 唇音聲母獨有的跌倒義

上文分析了 "跌倒" 義的詞語的語義，我們先總結上文分析出的語義特徵：

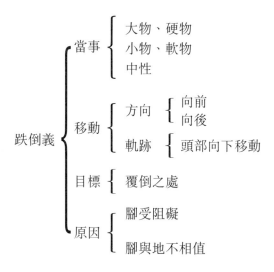

以下為各項特徵作出說明：

(a) 當事

"當事"即與某一狀態或某一變化相聯繫的主體。我們把當事分為三類，第一類是大物、硬物，例如樹木、牛；第二是小物、軟物，例如禾、草；第三類是中性，例如人。大與小是相對的，區分大小的標準有二：其一是根據語境中表達的意義，例如《說苑・談叢》"蠹蟓仆柱梁"以小物對比大物，可知"柱梁"為大物；其二是根據物件的一般特徵，例如樹木一般被歸為大物。下表總結了各個動詞的當事的類別：

動詞	當事	類別
仆	人、柱梁、杖、樹木、頭顱、木表	大物、硬物；中性
踣	人	中性
僨	人、牛、車、木表、旌旗	大物、硬物；中性
獘（斃）	人、高大的樹木	大物、硬物；中性
偃	人、旌旗、草、禾	小物、軟物；中性
蹶	人、馬、猨狄	大物、硬物；中性
跲	獸	中性
僵	人、馬、頭顱	大物、硬物；中性
跌	人、足	中性
躓	人、足、步	中性
蹎槙	人、樹木、獸、馬、猨狄、鳥	大物、硬物；中性
倒	人、豬	中性
頓	人、獸	中性
蹟	人、足	中性
差蹉	人、足	中性

上文說過"脣音——跌倒義"詞語獨指大物、硬物倒下，可是我們也發現"非脣音——跌倒義"詞語的當事也屬於大物、硬物，例如：

(199) "蹶"的當事是樹木，如《左傳·昭公二十三》："武城人塞其前，斷其後之木而弗殊，邾師過之，乃推而蹶之，遂取邾師，獲鉏、弱、地。"

(200) "蹶"的當事是馬，如《慎子》："驥善馳也，然日馳之，則蹶而無全蹄矣。"

(201) "顛"的當事是樹木，如《尚書‧盤庚》："若顛木之有
　　　由蘗。"

(202) "僵"的當事是馬，如《淮南子‧説山訓》："騏驥一日
　　　千里，其出致釋駕而僵。"

由此可知當事是大物、硬物並非"唇音——跌倒義"詞語獨有的
特徵，我們不能僅憑這點分析出"唇音——跌倒義"的獨有義。

(b) 移動

"移動"指身體的位置改變的過程。移動包含了兩個元素：
一是方向，或前，或後。二是軌跡，即身體移動所沿的路線。這
裏所説的軌跡，具體是指"頭部向下移動"，"顛"、"倒"、"頓"
都是指"頭部向下移動使身體成倒下或顛倒狀"。

(c) 目標

"目標"是指跌倒所在的處所。句子出現"動詞＋處所"或
"動詞＋於＋處所"的"動詞"都帶有"目標"的語義成分。雖然
"頓"有一個例子"頓於窅冥之溪"（《新語‧資質》），但是我們把
這個例子視為例外，不把"頓"分析為帶有"目標"的語義成分，
理由請參上文。

(d) 原因

"原因"指跌倒的動作是以跌倒的原因所指稱的。其中包括
兩項"原因"：一是腳受阻礙，二是腳與地不相值。由於這些詞
語的特徵都是指腳受到某種原因影響以致身體倒下，故歸為"原
因"。

下表總結了各類聲母"跌倒"義的詞語的語義特徵的分析（括
號表示不確定，尚待更多資料進一步研究，分析詳見上文）：

聲母類別	詞語	"跌倒"義詞語語義特徵分析								
		語義特徵								
		當事			移動			目標	原因	
					方向		軌跡			
		大物，硬物	小物，軟物	中性	往前	往後	頭部向下移動	覆倒之處	腳受阻礙	腳與地不相值
唇音	仆 *pʰok	＋	－	＋	＋	－	－	＋	－	－
	踣 *bək	－	－	＋	＋	－	－	＋	－	－
	僨 *piən	＋	－	＋	－	－	－	＋	－	－
	獘 *biat	＋	－	＋	－	－	－	＋	－	－
喉音	偃 *ian	－	＋	＋	－	＋	－	－	－	－
牙音	蹶 *kiuat	＋	－	＋	－	－	－	－	＋	－
	跲 *keəp	－	－	＋	－	－	－	－	＋	－
	僵 *kiaŋ	＋	－	＋	－	＋	－	－	－	－
舌音	跌 *dyet	－	－	＋	－	－	－	－	－	＋
	躓 *tiet	－	－	＋	－	－	－	－	＋	－
	蹎 *tyen	＋	－	＋	－	－	＋	－	－	－
	倒 *tõ	－	－	＋	－	－	＋	－	－	－
	頓 *tuən	－	－	＋	－	－	＋	－	－	－
	蹪 *duəi	－	－	＋	－	－	－	－	＋	－
齒音	蹉 *tshai	－	－	＋	－	－	－	－	－	＋

　　從上表可見，唇塞音聲母詞語獨有"覆倒在目標"的語義特徵，這證明了聲母獨有義存在的可能性，並且為聲母獨有義加添了一個例子。

唇塞音聲母獨有"覆倒在目標"義的本質是什麼,是一個值得考慮的問題。胡吉宣曾經注意到"仆"、"踣"、"僨"聲近義通,並且認為"'仆'、'踣'、'僨'亦兼象倒下聲。"[①]但是他沒有提出論證。通過我們的分析,唇塞音聲母獨有"覆倒在目標"義,可以為象聲說提供一條佐證。

4.2.8 餘論

我們在分析唇塞音獨有的跌倒義的過程中,觸及了其他課題,如下

(1) 跌倒義動詞對"動詞＋於＋名詞"的名詞的語義角色的選擇

對於句法結構相同的句子"動詞＋於＋名詞",名詞的語義角色會隨着動詞的改變而有所不同。例如:

(204)　《左傳·隱公三年》:"庚戌,鄭伯之車僨於濟。"

(205)　《史記·扁鵲倉公列傳》:"至春,豎奉劍從王之廁,王去,豎後,王令人召之,即仆於廁,嘔血死。"

(206)　《韓非子·六反》:"故先聖有諺曰:'不蹳於山,而蹳於垤。'"

"僨於濟"、"仆於廁"、"蹳於山"、"蹳於垤"的句法結構是相同的:

(207)　[$_{VP}$ 僨 [$_{PP}$ 於濟]]

(208)　[$_{VP}$ 仆 [$_{PP}$ 於廁]]

(209)　[$_{VP}$ 蹳 [$_{PP}$ 於山]]

① 胡吉宣:《玉篇校釋》,475頁。

　　然而，"僨於濟"的"濟"、"仆於廁"的"廁"語義角色都是
"處所"，表示跌倒在什麼地方；"躓於山"的"山"、"躓於垤"
的"垤"的語義角色都是"致事"，表示致使發生跌倒的原因。
"濟"指濟河，本身是一個表示處所的專有名詞，表示處所是很
自然的。但是"廁"和"山"本身是一個實體名詞，如《墨子·號
令》："城下五十步一廁，廁與上同圂。"《論語·子罕》："譬如
為山，未成一簣，止，吾止也。""廁"和"山"都是表示物體，
並非處所。為什麼"仆於廁"的"廁"是處所，"躓於山"的"山"
是致事，語義角色不同？

　　造成"動詞＋於＋名詞"的名詞具有兩種不同的語義角色
的原因有四種可能性：一、由於名詞的性質的不同。二、由於
"於"指派名詞不同的語義角色。三、由於"動詞"的語義的不
同。四、由於語境的不同。

　　第一種可能性應該排除。雖然"山"是實體名詞，但也可以
表示處所，例如《莊子·天地》："藏金於山，藏珠於淵。"先秦
漢語實體名詞表示處所時沒有特別的標記，表示實體意義和表示
處所意義在形式上沒有區別，加上介詞"於"則標示了"於"的
賓語表示處所。[①]"躓於山"的"山"本身並沒有理由不可以被理
解為表示處所。

　　第二種可能性也應該排除。"於"是一個介詞，用作引介一
個論元給謂詞，但"於"在上古漢語中功能相當複雜，可以引進

---

① 　李崇興：〈處所詞發展歷史的初步考察〉，《近代漢語研究》，245-246 頁；蔣紹
　　愚：〈抽象原則和臨摹原則在漢語語法史中的體〉，《古漢語研究》，1999 年第 4
　　期，4 頁。

處所、時間、範圍、原因、施事、對象等等。[①] 為什麼"仆於廁"
的"廁"是處所，"躓於山"的"山"是致事，單從"於"是不可
能推測的。

　　第四種可能性也應該排除。以上引的三個例子來說，我們並
不能從語境中推測"動詞＋於＋名詞"的"名詞"的語義角色。

　　因此，"動詞＋於＋名詞"的"名詞"的語義角色應當是決定
於動詞的語義。我們在上文分析"債"、"仆"具"覆倒在目標上"
的語義成分，"躓"具"腳受阻礙"的語義成分，三個詞語的論元
結構可以這樣分析：

　　　　債＜ x, y ＞ x= 當事 , y= 處所

　　　　仆＜ x, y ＞ x= 當事 , y= 處所

　　　　躓＜ x, y ＞ x= 當事 , y= 原因

在 "NP_1+V+ 於 +NP_2" 這樣的句子中，主語 NP_1 一般被指派語義
角色 x，句子的另一個論元 NP_2 則接受語義角色 y，因此對於相
同的句法結構，由於動詞的論元結構不同，NP_2 的語義角色也相
應地不同：

　　　　句法結構　　　NP_1 + V + 於 + NP_2

　　　　論元結構　　　[x]　＜x,y＞　　　[y]

這樣我們就可以解釋為什麼"仆於廁"的"廁"是處所，"躓於
山"的"山"是致事。

---

① 《古代漢語虛詞詞典》，767–777 頁。

(2) 跌倒義動詞對當事的選擇

以原因為語義特徵的"跌倒"義詞語有共通的特點，只有它們的當事可以是與足部有關的名詞，例如：

(210)《新書·容經》："胻不差而足不跌，視平衡曰經坐。"

(211)《列子·說符》："意之所屬箸，其行足躓株埳，頭抵植木，而不自知也。"

(212)《列子·黃帝》："美惡不滑其心，山谷不躓其步。"

這是由於"差"、"跌"、"躓"都表示足部受到某種原因致使人跌倒。由於經歷"受阻礙"和"與地不相值"的事件的主體是腳，因此只有"躓"、"跌"、"蹉"的論元 x 可以是屬於腳部的名詞，如"足"、"胻"（小腿）。又由於只有"行走"這個行為能"受阻礙"，不能"與地不相值"，因此只有"躓"的主體可以是"步"。其他跌倒義的詞語都不能以與足部有關的名詞作為當事。

(3) 跌倒義分為四個語義類

從上文對各個跌倒義詞語的語義和句法表現的分析，我們可以把不同的"跌倒"義詞語分為不同的語義類：

1."仆"、"踣"、"僨"、"獘"組成了"倒地類"，可以出現在"V+（於）+處所"的句法結構。

2."跌"、"蹉"組成了"失足類"，可以出現在"足+V"的句法結構。

3."躓"、"蹎"組成了"足礙類"，可以出現在"足+V"和"V+於+致事"的句法結構。

4."蹎"、"倒"、"頓"組成了"顛倒類"，不出現在以上任何一個句法結構。

每個語義類的動詞幾乎有相似的句法表現，不同的語義類有不同的句法表現。下表概括了這幾類"跌倒義"詞的句法表現：

語義類	詞語	句法表現		
		V＋（於）＋處所	足＋V	V＋於＋致事
倒地類	仆踣僨獘	＋	－	－
失足類	跌蹉	－	＋	－
足礙類	躓蹟	－	＋	＋
顛倒類	蹎倒頓	－	－	－

　　如果不考慮這些詞語在語義和句法上的差別，我們會認為它們都是表示"跌倒"的意思。然而，根據上文的分析，我們可以從語義和句法表現兩方面把它們區別為四個語義類。這為我們辨析詞義提供了一個新的思考方向，即從語義和句法兩方面入手分析，把同屬一概括意義下的詞語分為不同的語義類。

第三節　小結

　　本章通過具體調查和分析"分解義"詞語和"跌倒義"詞語的語義和使用情況，分析出唇塞音聲母詞獨有"中分為兩半"義和"覆倒在目標"義。這既從語言的證據使聲母獨有義理論上存在的可能性得到了實際證據的支持，也為聲母獨有義的研究提供了充足的材料與分析。過去學者提出一類聲母多表示某種意義，但未有人證明過某種意義為一類聲母所獨有，這是本文的重要發現。我們相信，聲母獨有義的發現將為漢語詞源學探討詞源的音義關係開出一條新的途徑。

第五章　結　語

第一節　理論意義

5.1.1 為詞語的音義關係的研究提供新的思路與方法

詞語的音義關係是必然的，還是偶然的，一直以來爭論不休。現代學者普遍接受普通語言學的基本看法，認為詞語的音義關係是任意結合的，這成為語言學的基本假設。其次，人們一般的認識是音節傳達意義，音節以下的元素，例如聲母，本身與音節所傳達的意義並沒有關係。前賢學者例如劉贐提出聲母本身傳達意義，讓人們認識到音節以下的元素也能表義，而且特定類別的聲母表達特定的意義。然而，他們提出的理論受到了當代學者的非議。學者認為，從理論上說，音義是任意結合的，不存在某類聲母表達某類意義；從實際上說，多音表一義和一音表多義是語言事實，一類聲母可以表達多種意義，一種意義也可以由多類聲母表達，不存在某類聲母表達某類意義。因此，聲母表義說並不為普遍學者所接受。

本文另闢蹊徑，嘗試探求一類聲母獨有的意義。本文從理論和語料兩方面，證明了漢語存在獨有某類聲母表達某類意義的語言現象。理論上，音義任意性與聲母獨有某義並非互相矛盾的，聲母獨有義的存在有諸種可能性，聲母與意義任意結合是其中一種可能性。本文並沒有肯定聲母獨有某義就代表此聲母必然表達此義，或者此義必然由此聲母表達，而只是通過各種分析方法，證實了聲母獨有義存在的這一種現象，具體而言，即唇塞音聲母獨有"中分為半"義和"覆倒在目標"義。從來沒有人論證過漢語中存在聲母獨有某義這種現象，聲母獨有義的發現是本文的一個突破。至於唇塞音聲母獨有的意義的本質是什麼，我們現有的知識無法確定。

過去學者普遍認為原生詞的音義結合是任意的，派生詞的音義結合是有理據的。但認為原生詞音義任意結合的看法，既是由於學者持語言符號以任意性為基礎的假設，更重要的是由於材料的不足和方法的欠缺，學者認為原生詞的音義如何結合是無法研究的。本文通過聲母獨有義的探求，嘗試為研究原生詞的音義結合打開一個缺口。例如本文論證了唇塞音聲母獨有"中分為半"義，這是否反映了語言創造者有意選擇了唇塞音來表達"中分為半"的意思，我們不能確定，但是聲母獨有義的發現可以為原生詞音義關係的研究提供一個起點，將來我們收集了更多聲母獨有的意義後，彙集諸種發現，很有可能會得到一幅逐漸清晰的圖畫。

此外，自章太炎以來，漢語詞源學在材料和理論兩方面累積了相當豐富的成果。然而，甚少詞源學研究者專門研究詞源的音義關係。本文的研究可以作為詞源音義關係研究的一個起點，引起有興趣的研究者投入這項工作，補充過去漢語詞源學缺少了的一環。

5.1.2 為同源詞的意義的分析提供新的方法

過去研究者繫聯同源詞與分析同源詞的意義，主要是依靠古代訓詁。例如王力指出"為了保險,《同源字典》大量地引用古人的訓詁,來證明不是我個人的臆斷。"[1]然而,我們從本文的分析可以看到如果不對古代訓詁進行鑒別,就會把不是同源的詞語錯誤繫聯為同源詞,而且也未能具體地說清楚詞語的意義。我認為我們需要對意義作出概念分析,運用適當的方法加以驗證,才能準確地說清楚詞語的意義,並且解釋一個詞語為什麼引申出這種意義或者派生出這種意義的派生詞,其他詞語卻沒有這樣的引申和派生。例如我們分析了"解"是"使束在一起的東西分離",因此派生出表示"精神不集中"的"懈"。其他同樣表示"分解"的詞語,卻沒有這樣的派生,正是由於從源頭上意義有別。又例如"分"、"辨"、"別"都有"中分為半"的意思,平行引申出"區別具互補關係的兩個類別"的意思,其他同樣表示"分解"的詞語卻沒有此義,正是由於義源不同。又例如動詞的"分"和"斷"平行引申出名詞用法,分別表示"整體的部分"的"分"和"線段的一截"的"段",為什麼"斷"不表示"整體的部分","分"不表示"線段的一截",這都要通過對"分"和"斷"進出概念分析,不了解"分"是"對一個整體切分"和"斷"是"對具延伸度的物體切分",就不能解釋"分"和"段"的意義差別。

誠然,古代訓詁是我們了解詞義的重要的根據。然而僅靠古代訓詁,有時候並未能讓我們充分了解一個詞語的意義。詞義分析有許多種方法,我們提出了一種過去沒有很好地被運用的"搭配分析法",即從詞語在句子中與其他成分的關係分析這個詞語的意義。如果沒有這種方法,我們是無法把"分解義"詞語的不

---

[1] 　王力:《同源字典》,2頁。

同特徵分析出來的。例如我們分析“解”為“使束在一起的東西分離”，而不是像一般的分析所認為只是“分割肢體”，正是從分析“解”獨有地與“體”、“結”、“縛”的搭配而得出的結論。“分割肢體”是實際進行的事件，“使束在一起的東西分離”才是“解”的意義的本質。又例如我們通過“剖”和“分”在搭配賓語上的區別，才能找出兩者的細微的語義區別，即“剖”是“中分為半但不完全分離”，“分”是“中分為半但完全分離”，兩者同中有異。本文通過不同的例子體現了“搭配分析法”在詞義分析中有重要的作用。如果沒有這種方法，我們就不能分析出不同的分解義詞語的特徵，也無從分析出唇塞音獨有的意義。

第二節　實踐效果

5.2.1　為判斷同源詞提供意義驗證的標準

　　本文在探求聲母獨有義的過程中，作出了大量的詞義考釋，區別了概括義相似的詞語的實質差異。這些語義分析的一個實踐效果是可以讓我有了一個語義的標準，以判斷詞語是否同源。例如“束”與“分”、“別”意義相關，《說文》：“束，分別束之也。从束、八。八，分別也。”“束”為見母元部，與韻部同屬元部而聲母屬唇音的“判”疊韻，它們是否同源詞？人們可以根據“束”和“判”的聲母相差很遠而認為二詞不是同源詞。然而，僅憑語音上的差異，還不足以充分判斷二詞不同源，語音的變化有可能使同出一源的詞語的語音變成不同。如果能對考慮二詞的意義也加以考慮，我們就能從音和義兩方面作出判斷。根據本文的研究，唇音聲母獨有“中分為半”義，而“束”聲母為牙音，其意義是否與唇音的"判"相同就值得懷疑了。"柬"指"揀選"，《說文》："柬，分別簡之也。"

　　又例如過去有學者認為"剖"和"部"同源，滂並旁紐，之部疊韻。[①] 劉鈞杰如此解釋："剖是分開，破開；部是分開，是分開的結果——部分。""部有分義，動詞；所分出的結果也叫部，或叫部分，名詞。"[②] 把東西剖分則成為一個一個部分，因此"剖"和"部"看來意義相關，而且讀音非常接近，從意義和讀音上判斷二詞同源看來很有道理。有人會質疑"剖分"和"部分"二義不一定有引申關係，但我們可以提出以下的平行引申，判斷"剖分"和"部分"具意義引申的關係：

　　　　1. 分（剖分）：分（部分）。《說文》："分，別也。"《禮記·樂記》："分夾而進。"孔穎達疏："分，謂部分。"

　　　　2. 班（剖分）：班（等級）。《說文》："班，分瑞玉也。"《左傳·文公六年》："辰嬴賤，班在九人，其人何震之有？"杜預注："班，次也。""等級"即是把一個整體有秩序分開為一份一份，也可歸為"部分"的意思。

　　　　3. 別（剖分）：別（分支）。《說文》："別，分解也。"《尚書·禹貢》："岷山導江，東別為沱。""別"即支流，"分支"和"部分"都是從一個整體分出一部分，意義相近。

以上的平行引申似乎可以作為"剖分"義和"部分"義意義相通的旁證，從而可判斷"剖"和"部"同源。

　　然而，根據本文對"剖"的詞義分析，我認為"剖"和"部"

---

① 例如劉鈞杰：《同源字典補》，9 頁；張希峰：《漢語詞族三考》，106–107 頁。

② 劉鈞杰：《同源字典補》，9 頁。

並非同源詞。"剖"與"分"的差別在於"剖"的基本意義缺少了"[對象分離成獨立兩份]"的成分,"剖"能否引申為"分開的結果 —— 部分"是值得重新考慮的。再者,"部"的義源不是"剖分",而是"聚合"。

　　陸宗達先生認為"部"的"部分"義是從"車蓋"義引申而來的。"部"指車蓋,《周禮·考工記·輪人》:"輪人為蓋,達常圍三寸,桯圍倍之六寸,信其桯圍,以為部廣,部廣六寸,部長二尺,桯長倍之四者二。"陸先生認為"'部'是車蓋的中樞部分,二十八枚蓋弓從這裏別向四面張開,所以引申有'部分'、'部屬'、'部次'之義。"[①] 由此引申指天文的"部",《史記·曆書》:"至今上即位,招致方士唐都,分其天部。"孟康:"分部以二十八宿為距度。""分天部"指以北極星為中樞,把圍繞北極星的二十八個星定為二十八宿,因而把天劃分成二十八個等分,[②] 若然"部"的"部分"義是從"車蓋"義引申,則不可能同時是從"剖"派生的,兩者只能擇其一。當然,有人會認為"部"的"車蓋"義也是源自"剖分",取意於蓋弓向四面分開。因此,我們需要考察"部"的具體意義是什麼,以判斷"部"是否取意於"剖分"。

　　同是表示"部分"的"部"和"分",兩者的詞義其實是不同的:"部"是性質相同的東西連屬、聚合為一類,"分"是把整體分開所得的一部分。"部"並非取意於"剖分",而是"聚合",

---

① 陸宗達:〈"天保"考釋〉,《陸宗達語言學論文集》,531 頁。
② 參《太平御覽·天部》引桓譚《新論》:"北斗極天樞。樞,天軸也,猶蓋有保斗矣。蓋雖轉而保斗不移。天亦轉周匝而斗極常在,知為天之中也。""保"與"部"通,"保斗"指北極星。

例如《後漢書‧黨錮傳序》："二家賓客，互相譏揣，遂各樹朋徒，漸成尤隙，由是甘陵有南北部，黨人之議，自此始矣。"此"部"指朋黨，即性質相同者聚合的團體。《後漢書‧南匈奴傳》："八部大人共議立比為呼韓邪單于。"此"部"指部落，即血緣相近的氏族聚合的集體。又例如古代圖分為"四部"，"部"取意於經、史、子、集各按其性質統轄於相同的名目之下，《晉書‧李充傳》："典籍混亂，充以類相從，分為四部。"可證"部"是使同類的典籍聚集為一部。《急就篇》："分別部居不雜廁。"顏師古注："前後之次，以類相從，種別區分，不相間錯也。""部"指同類的事物聚合、不同類的事物不雜錯。《説文》所謂"分別部居"，把漢字以五百四十部統領，"部首"的"部"也是取意於"統領"。"部"又指同類的居民集合在一起的區域，《墨子‧號令》："因城中里為八部。"，《管子‧乘馬》："方六里命之曰暴，五暴命之曰部，五部命之曰聚。""部"與"聚"同指區域，可以比較互證。有植物其根相連叫做"百部根"，《名醫別錄》"百部根"陶弘景注："根數十相連。"以上皆可證"部"有"連屬"、"聚合"意。

　　"部"引申作動詞有"統領"義，《史記‧項羽本紀》："漢王部五諸侯兵凡五十六萬，東伐楚。"此"部"表示"領兵"。《鶡冠子‧天則》："循度以斷、天之節也，列地而守之，分民而部之。"張金城："部，《後漢書‧橋玄傳》注：'猶領也。'"[1]此"部"又表示"管轄"，二義都可概括為"統領"。假設"部"的義源是車蓋，即統領蓋弓的中樞，就可以解釋為何作名詞"部"表

---

① 黃懷信：《鶡冠子匯校集注》，41 頁。

示連屬聚合的 體，作動詞表示"統領"。

"部"上古音讀並母之部，有一批同源詞讀幫組之部 / 職部，其核心意義是"使多個個體湊集在一點"，例如：

1."衃"，淤血，即凝聚的血。《説文》："衃，凝血也。"《素問·六節藏象論》："赤如衃血者死。"注："衃血，謂敗惡凝聚之血。"睡虎地秦簡《封診式·出子》簡 87："令令史某、隸臣某診甲所詣子，已前以布巾裹，如衁(衃)血狀，大如手，不可智(知)子。"[①]"衃血狀"指流產嬰兒如凝血的樣子。

2."痞"，腹內結塊。字亦作"否"，《素問·五常政大論》："心下否痛。"《難經·藏府積聚》："脾之積氣名曰痞氣，在胃脘，覆大如盆，久不愈。"注："痞，否也，言否結成積也。"《玉篇》："痞，腹內結病。"

3."福"，盛矢之器，即讓箭湊集的器具。《儀禮·鄉射禮》："命弟子設福。"鄭玄注："福，猶幅也，所以承笴齊矢者。"《大射儀》："總眾弓矢福。"鄭玄注："福，承矢器。"字亦稱"箙"。《周禮·夏官·司弓矢》"中秋獻矢箙。"注："箙，盛矢器也。"

4."輻"，車輪中湊集於中心轂上的直木，《説文》："輻，輪轑也。"《老子》："三十輻共一轂。"《漢書·叔孫通傳》："吏人人奉職，四方輻輳。"顏注："輳，聚也，言如車輻之聚於轂也。"

---

① 睡虎地秦墓竹簡整理小組編：《睡虎地秦墓竹簡》，文物出版社，1990 年 9 月，《封診式圖版》第 76 頁，《封診式釋文註釋》第 161–162 頁。

5. "簹"，竹體厚肥的一種竹，取意於中間實滿。楊孚《異物志》："有竹曰簹，其大數圍，節間相去局促，中實滿堅強，以為屋椽，斷截便以為棟梁，不復加斤斧也。"戴凱之《竹譜》："簹與由衙，厥體俱洪，圍成數尺，簹實衙空，南越之居，梁柱是供。(自注：簹實厚肥，孔小，幾小實中。)"

6. "愊"，腹滿。《方言》："愊、匐，滿也。凡言器盛而滿謂之愊，腹滿曰匐。"郭璞注："愊，言涌出也。愊，言敕愊也。"

7. "餶"，飽，即胃部盛滿食物。《玉篇》："餶，飽也。"①

這些同源詞的核心意義是"使多個個體湊集在一點"，表示車蓋的"部"是多個蓋弓湊集的中樞，特徵相同，"部"當與上述詞語同源。

有人會認為"分"和"合"只是同一事件的兩個角度，二義可以互通。即使"部"取意於"連屬"、"聚合"，把東西剖分才能聚合，因此也不能否定"部"與"剖"同源的可能性。訓詁上的確有"分"和"合"相通的說法，例如：

(213) 《周禮・地官・媒氏》："媒氏：掌萬民之判。"鄭玄注："判，半也。得耦為合，主合其半，成夫婦也。"

(214) 《説文》："副，判也。"段注："副之則一物成二，因

---

① 《説文》有"醅"字，許慎訓"醉飽"，"醅"字當是記錄了兩個詞。"醅₁"表示"醉飽"，跟"餶"音近義同。"醅₂"表示"未過濾的酒"《玉篇》："醅，未齊之酒也。"《廣韻》："醅，酒未漉也。"跟"坏"(未燒的瓦)、"胚"(未生長成形的胚胎)同源。

> 仍謂之副，因之凡分而合者皆謂之副。訓詁中如此者
> 致多。"

(215)《説文》："辮，交也。從糸辡聲。"段注："分而合也，
故從辡，形聲中有會意也。"

然而，"判"、"副"、"辮"在實際使用中並沒有表示"多個個體聚
合"的用法，也沒有表示"部分"的意義。"判"與"牉"通，指
夫婦二人結合中的一方，"判"側重指"二人的一方"，"結合"不
是"判"的詞義。"副"是一分為二，引申為"副貳"，並非"聚
合"。"辮"是兩繩交織，也不是"多個部分聚合"。"判"、"副"、
"辮"都是一分為二，而不是多個個體合而為一。所謂"分而合"
的"合"意義模糊，可以是兩兩相並，可以是多個個體聚集，我
們不應單據上述的訓詁而認為"剖"的"分"義與"部"的"合"
義相通，而應該考慮它們的具體意義。

根據以上的分析，我們認為"剖"和"部"不是同源詞。雖
然"部"和"分"都能表示整體的一部分，但是兩者實有不同。
"部"指湊合於一體的部分，"分"由一體分開的獨立的部分。

由此可見，沒有對"剖"和"部"的詞義分析，我們便會根
據兩者聲音相近、意義相通而認為二詞同源。這說明了詞義分析
有助判斷詞語是否具同源關係。當然，對於從詞義分析所作出的
推論，我們需要同時結合不同的證據反覆證明，但是沒有詞義分
析則沒有判斷的標準。

5.2.2 為判斷訓詁提供驗證的標準

自清人提倡"以聲音通訓詁"，訓詁學家都注意到從聲音的線
索讀破通假，以及繫聯音近義通的詞語以考釋詞義。然而，有時

候訓詁學家由於沒有考慮到不同的詞的詞義差別，僅憑語音的近似而錯誤把意義實質不同的詞語繫聯，因而其訓詁是成疑問的。本文通過探求聲母獨有義，發掘了不同聲母的詞的詞義差別，這可以成為判斷訓詁的一個標準。

　　例如齒音的"析"又作唇音的"箄"的訓釋詞。《方言》卷十三："箄，析也。"錢繹認為"箄"與"捭"音近義通："箄之言捭也。《廣雅》：'捭，開也。'張衡《西京賦》云：'置互擺牲。'薛綜注：'擺，謂破磔懸之。'《後漢書‧馬融傳》注引《字書》云：'擺，亦捭也。'義與'箄'同。"

　　錢繹認為訓為"析"的"箄"是"捭"的通假字。然而，根據上文的分析，唇音聲母的分解義獨有"中分為兩半"的意思，"捭"是"中分向兩邊打開"，而"析"是"切割成多個小塊"，二義並不相同，與錢繹的訓詁矛盾。出現這種矛盾有兩種可能：一個可能，假設錢繹是對的，"箄"是"捭"的借字，《方言》以"析"訓"箄"是概括含混地訓釋，並不意味"析"與"箄"完全同義，而可能只是在"分離"的概括意義上相同。另一可能，錢繹的訓詁有問題，"箄"不是"捭"的借字，《方言》的"箄"是另有來源。

　　如果是第一個可能，二詞只是在概括意義"分開"而互訓，錢繹的説法不是沒有可能的。

　　然而，如果是第二個可能，根據本文的研究，唇音的分解義與齒音的分解義實有不同，"捭"與"析"意義有別，能否互訓是可疑的。如果"箄"不是"捭"的借字，我們需要説清楚"箄"的具體意義是什麼。按照上文的分析，"析"指"切割成小塊"，在特定語境下可指"切去外皮"，我們可以依此思路考察"箄"具體意義是什麼。

我認為"箄"可能是"剕"的借字,《玉篇》:"剕,削也。""剕"字雖見於《玉篇》,但用例較晚出現,元耶律楚材《和移剌繼先韻三首》:"細切清風非異事,更將明月剕來薄。"明岳元聲《方言據》卷下:"側刃削物令薄曰剕。"字又作"批",唐杜甫《房兵曹胡馬》:"竹批雙耳峻,風入四蹄輕。"仇兆鰲注:"批,削也。"可證"剕"指"削薄"。以下同源詞亦可為證:

(216) "鈚",薄而長的箭頭。《爾雅·釋器》"金鏃翦羽謂之鍭。"郭璞注:"今之鈚箭是也。"《方言》:"凡箭鏃胡合嬴者,廣長而薄鐮,謂之鈚。"慧琳《音義》引《玉篇》:"鈚,薄箭也。"

(217) "蠯",長而狹的蚌,即蟶子。《爾雅·釋魚》:"蚌,蠯。"郭璞注:"今江東呼蚌長而狹者為蠯。"《說文》:"蠯,蚌也。脩為蠯,圓為 。"段注:"長者謂之蠯,圓者謂之蠇。"

"鈚"、"蠯",都有身體長而兩邊狹窄的特徵,很可能取意於兩邊被削薄,得名於"剕"。

其次,"剕"和"削"從"削去表層"同律引申為"刀套",可證"剕"和"削"意義相近。《說文》:"削,鞞也。""鞞,刀室也。"削去表層謂之"削 v",亦謂之"剕";刀套謂之"削 N",亦謂之"鞞"。刀套猶刀的外層,"剕"、"削 v"指除去表層,轉指所除去的表層,動作和動作產生的結果異事同名。"剕"、"削 v"的意義是"除去"與"表層"兩個特徵的綜合,"表層"是動作"除去"所涉及的對象。"剕"、"削 v"的意義結構可以如此分析:

(218) 意義結構：[$_{VP}$ 除去 [$_{NP}$ 表層]]

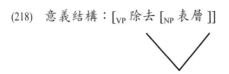

詞彙：　　　　削，剃

"除去表層"引申為"所除去的表層"，即是把義元"除去"，可以
與"皮"、"朴：剝"、"脫：蛻"比較互證。"皮"兼剝皮和表皮二
義；"朴"為木皮，"剝"為剝皮，幫滂旁紐，屋部疊韻；"脫"
有"去皮"義，"蛻"是蛇、蟬所脫下的皮。[①]"除去表層"義和"表
層"義的關係可以如此分析：

(219) 意義結構：[$_{VP}$ 除去 [$_{NP}$ 表層]]

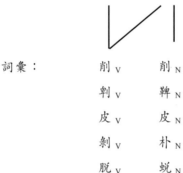

詞彙：　　　削 $_V$　　削 $_N$
　　　　　　剃 $_V$　　鞞 $_N$
　　　　　　皮 $_V$　　皮 $_N$
　　　　　　剝 $_V$　　朴 $_N$
　　　　　　脫 $_V$　　蛻 $_N$

---

① 　"皮"為剝皮，即剝除物件的表層，如《說文》："皮，剝取獸革者謂之皮。"段
注："凡去物之表亦皆曰皮，《戰國策》言'皮面抉眼'，王褒《僮約》言'落桑皮
梭'，《釋名》言'皮瓠以為蓄'，皆是。"所剝的表層也叫做"皮"，《鄘風‧相
鼠》："相鼠有皮，人而無儀。"
　　"剝"是"剝木皮"，如《周禮‧秋官‧柞氏》："冬日至，令剝陰木而水之。""朴"
是木皮，如《說文》："朴，木皮也。""剝"與"朴"同源，參朱駿聲："木皮即
柿，未削則為柿附，既削則為柀離，義相因也。"（朱駿聲：《說文通訓定聲》，
376頁。）章太炎《文始》卷六："剝又孳乳為朴，木皮也。皮可開，故朴衍於剝。"
　　"脫"有去皮義，《爾雅‧釋器》："肉曰脫之。"注："剝其皮也。""蛻"是蛇、
蟬所脫下的皮，《說文》："蛻，蛇蟬所解皮也。"

由此可證"劋"和"𩮜"是同源詞，也可證"劋"和"削"所陳述的事件相同。

"削"指"使對象體積變小"，所進行的動作是"把對象外層一層一層除去"，在這個意義上與"析"意義相通。"劋"指"削薄"，所進行的動作也是"把對象外層一層一層除去"，在這個意義上與"析"意義相通。我認為《方言》以"析"訓"𡨢"，"𡨢"可能是"劋"的借字，而不是表示"手向兩邊打開"的"捭"的借字。

從上例可見，通過對唇音獨有的分解義的分析，我們對錢繹的訓詁可以進行判斷，並且從語義分析提出新的思考方向，為意義不明的訓詁進行合理的推敲。

第三節　全文總結

本文論證了聲母獨有義在理論上和實際上是有存在的可能性的。從清人開始探索一聲之轉，即以聲母為樞紐繫聯同源詞，到民國時期學者對一類聲母多表示某種意義的初步認識，聲母和意義之間的關係逐漸為人所注意。然而，這些研究並沒有得到現代學者的充分注意，使對詞源的音義結合的研究沒有得到充足的發展。本文從一個新的角度重新探索音義關係這個古老的課題，從探求聲母獨有義入手，透過理論的論證和語料的分析，確定唇塞音聲母裏獨有某類意義。唇塞音聲母還有沒有其他獨有的意義？其他聲母裏是否存在該類聲母獨有的意義？這些工作都需要更多的考察才能確定。如果不同類別的聲母都存在該類聲母獨有的意義，當我們把各類聲母的獨有義都作出分析，彙集起來，將讓我們對詞源最初的音義結合情況有更深入的理解。我們相信，這項工作有繼續探索的價值，將來可為漢語詞源學在詞源音義關係的研究上帶來新的發展。

參考書目

工具書

1. 王力：《同源字典》，北京：商務印書館，1982年。
2. 王念孫：《廣雅疏證》，北京：中華書局，2004年。
3. 王鳳陽：《古辭辨》，長春：吉林文史出版社，1993年。
4. 古文字詁林編纂委員會編纂：《古文字詁林》，上海：上海教育出版社，1999年。
5. 朱駿聲：《說文通訓定聲》，北京：中華書局，1984年。
6. 沈兼士：《廣韻聲系》，北京：中華書局，2004年。
7. 宗福邦、陳世饒、蕭海波主編《故訓匯纂》，北京：商務印書館，2003年。
8. 段玉裁：《說文解字注》，上海：上海古籍出版社，1981年。
9. 張儒、劉毓慶：《漢字通用聲素研究》，太原：山西古籍出版社，2002年。
10. 黃侃著；黃焯輯；黃延祖重編：《爾雅音訓》，北京：中華書局，2007年。
11. 漢語大詞典編輯委員會編纂：《漢語大詞典》，上海：漢語大詞典出版社，1994年。

專書

1. 王力：《漢語史稿》，北京：中華書局，1980年。
2. 任繼昉：《漢語語源學》，重慶：重慶出版社，1992年。
3. 岑仲勉：《墨子城守各篇簡注》，北京：中華書局，1958年(1987年印)。
4. 孟蓬生：《上古漢語同源詞語音關係研究》，北京：北京師範大學出版社，2001年。
5. 胡繼明：《〈廣雅疏證〉同源詞研究》，成都：巴蜀書社，2003年。
6. 孫詒讓撰；王文錦、陳玉霞點校：《周禮正義》，北京：中華書局，1987年。
7. 張希峰：《漢語詞族叢考》，成都：巴蜀書社，1999年。
8. 張希峰：《漢語詞族續考》，成都：巴蜀書社，2000年。
9. 張希峰：《漢語詞族三考》，北京：北京語言大學出版社，2004年。

10. 張博：《漢語同族詞的系統性與驗證方法》，北京：商務印書館，2003 年。

11. 崔樞華：《說文解字聲訓研究》，北京：北京師範大學出版社，2000 年。

12. 張聯榮：《古漢語詞義論》，北京：北京大學出版社，2000 年。

13. 章太炎：《文始》，收入上海人民出版社編：《章太炎全集》，上海：上海人民出版社，1999 年。

14. 陸志韋：《古音說略》，北平：哈佛燕京學社，1947 年。

15. 黃易青：《上古漢語同源詞意義系統研究》，北京：商務印書館，2007 年。

16. 楊天宇：《周禮譯注》，上海：上海古籍出版社，2004 年。

17. 蔣紹愚：《古漢語詞彙綱要》，北京：商務印書館，2005 年。

18. 蔣禮鴻：《義府續貂》，收入吳熊和主編：《蔣禮鴻集》，杭州：浙江教育出版社，2001 年。

論文

1. 孟蓬生：〈同源字以雙聲孳乳說〉，《河北學刊》，1990 年第 2 期，頁 78–82。

2. 梁啟超：〈從發音上研究中國文字之源〉，收入《飲冰室合集》卷三十六，上海：中華書局，1936 年，37–47 頁。

3. 馮勝利：〈區分詞義訓詁與文意訓詁〉，《辭書研究》，1983 年第 3 期，78–86 頁。

4. 馮勝利：〈同律引申與語文詞典的釋義〉，《辭書研究》，1986 年第 3 期，8–13 頁。

5. 馮勝利：〈輕動詞移位與古今漢語的動賓關係〉，《語言科學》，2005 年第 1 期，3–16 頁。

6. 劉賾：〈古音同紐之字義多相近說〉，《制言》，1936 年第 9 期，無總頁數。

7. 蔣紹愚：〈兩次分類 —— 再談詞彙系統及其變化〉，《中國語文》1999 年第 5 期，323 頁。

8. Lang. E., *The Semantics of Dimensional Designation*, in M. Bierwisch and E. Lang (eds), *Dimensional Adjectives*, Spring-Verlag, Berlin etc., 1989, p. 263–418.

9. Rhodes, R., *Aural Images, In edited by Leanne Hinton, Johanna Nicholas, and John J. Ohala, Sound Symbolism*, Cambridge: Cambridge University Press, 1994, p. 276–292.